切願

自選ミステリー短編集

長岡弘樹

JN020105

双葉文庫

目次

小さな約束

1

自宅に帰り着いても、すぐにはドアを開けなかった。

手にしていた白い手提げ袋をノブに引っ掛け、玄関横の壁に背中を預ける。そして上着の懐からマイルドセブンの箱を取り出し、ライターで火を点《つ》けた。

最初の煙を吐き出したあと、自分の姿が門の方からは丸見えであることに思い至った。パトロールの警官から職務質問をされても馬鹿らしい。卒配されたばかりの新人巡査の中には、まだこっちの顔を知らない者もいるだろう。

きみと同じN署地域課の警察官だよ。そう説明している自分の姿を想像したところで、笑う気にはなれなかった。

できるだけ往来から死角になるよう、玄関ポーチの柱に身を隠す。そうして一本を吸い終え、ようやく浅丘秀通《あさおかひでみち》は、手提げ袋をノブから外し、玄関のドアを開けた。

「ただいま」

廊下の明かりが点いていたので、上がり口からリビングの方へ声をかけたが、実鈴《みすず》から返事はなかった。代わりにデジタル式の腕時計が、ピッと短い信号音で午後十時になったことを告げてくる。

もう一度同じ言葉を口にしながら、リビングのドアを押した。

姉はそこにいた。長ソファの背凭《せもた》れに沿って片腕を伸ばし、頭を預けている。目蓋《まぶた》は閉じられていた。

眠っているのかもしれない。浅丘は白い紙袋にそっと手を入れた。中から箱を取り出し、静かにテーブルの上に置く。

「……ごめん」

薄く目を開けた実鈴の口から、溜《た》め息交じりの細い声が漏れた。おかえり、の返事をしなかったことを詫《わ》びたようだ。

「いいって。そんなことより、調子はどうなの」

答える代わりに、実鈴は苦しそうな表情で上半身を捻《ひね》った。ただ座っているだけでも疲れてしょうがないらしい。自分で自分の体をもてあましている。そんな感じだ。軽い吐き気がするとの理由で休みを取っている最中だが、二日間家で安静にしていても、具合は悪化する一方のようだった。

「ベッドで横になっている方がいいんじゃないか？」

「昼間寝すぎちゃったからね。体を起こしている方が楽。――ねえ、今日はどんな仕事をしてきた？」

「……やりきれない仕事」

午後、巡回連絡で、ある民家に立ち寄ったところ、玄関ドアに【ご迷惑をおかけします】との張り紙があった。二階にある寝室のドアノブに紐《ひも》をかけ、尻餅《しりもち》をつくような格好《かっこう》で縊《い》死していたのは、二十代の男性だった。

【わたしの肝臓を母に使ってください】足元に置いてあった遺書にはそう書かれていた。

臨場した嘱託医は苦い顔で、こう繰り返し呟いていた。「無駄死にだ、無駄死にだよ……」

男性の母親が、重い肝硬変で入院していることは、近所の住人から知らされた。

自殺者からその家族への臓器移植が厚労省のガイドラインで禁止されていることは、嘱託医から教えられた。それが「無駄死に」の本当の意味だったようだ。

浅丘はカーペットに膝《ひざ》をつき、テーブルの箱を開けた。

「これ、似合うといいんだけど」

箱の中からウォーキングシューズを取り出し、実鈴の前に掲げてみせた。

「ありがと」

腕を伸ばしてきた実鈴に靴を手渡した。

「素敵なデザインだね。あんたにしちゃ上出来だよ」

姉の体調を考えたら、この先しばらく室内で喫煙はできないだろう。浅丘は、テーブルの上に出したままになっていた灰皿を片付けようとした。その手を途中で止めたのは、靴を一通り眺め回した姉の表情が、きっと引き締まったことに気づいたからだった。

来るか――。

身構えると同時に、実鈴は銃で狙いをつけるようにウォーキングシューズの爪先をこっちに向けてきた。

「質問その一。この靴の材質は何か」

分からない。店頭で留意したのは色と履き心地だけだ。そこまでは調べてこなかった。

「レザー……かな」

「はずれ」

浅丘は頭に手をやった。まる一日の交番勤務。制帽を被《かぶ》り続けた髪は蒸れている。

「じゃあ、ナイロン？」

「それも違う。ヒント。防水性よし通気性よしの多孔質フィルム」

「ゴアテックスか」

「正解、やっとね。修業が足りない」

刑事は靴に詳しくないと駄目。姉の持論は、これまで何度か聞かされていた。

「質問その二」今度はシューズのソール部分をこっちに向けてくる。「犯行現場の遺留足跡から分かる犯人の情報を挙げよ」

「まず体格だろ。あと性別、人数。それから……侵入経路」

「ほかには」

頭の中で答えを探しながら、何気なく一方の壁に首を捻ったところ、目に入ったのは、姉弟の間で伝言板として使っているホワイトボードだった。『医療法人K病院』の文字に続いて、その病院の住所と代表の電話番号がメモしてある。

——もしわたしが急に倒れたりしたら、ここへ入院させて。

三日ほど前に、そんな言葉とともに姉が書いた文字は、見事なバランスを保っている。昔はこれほど上手ではなかった。調書を取るとき容疑者に舐《な》められないよう、刑事は達筆でなければならない、とよく言われる。その教えを忠実に守り、暇を見つけては練習に励んだ成果だ。

ホワイトボードに目をやったまましばらく考えたが、答えは頭に浮かばなかった。

「しっかりしなって。犯人の職業でしょ。——そんな調子じゃあ、もし赤紙をもらえても、すぐにまた交番に戻されるよ」

自分が所属するN署では、刑事課への推薦状に、なぜか赤い色の紙が使われている。

「分かったから、まずはそれ、履いてみなって」

何度目かの見合いの末、三十九歳の実鈴がついに婚約をした。相手は県庁職員の小原《おばら》という男だった。すでに小原からはダイヤのエンゲージリングを受け取っていた。実鈴の方からはエテルナの腕時計を贈ってやったらしい。

この靴は、祝いの品として買ったものだった。ウォーキングシューズになったのは実鈴の希望による。こっちとしては洒落《しゃれ》たパンプスを買ってやりたかったのだが。

靴紐を解《ほど》き、実鈴がシューズの片方に右の爪先を入れた。人差し指を踵部《しょうぶ》に添え、足を滑り込ませようとする。だが、すんなりとは入らなかった。

「これがあるよ」

店でサービスされた小型の靴べらを渡してやったものの、それを使っても履くことができなかった。

「姉さんの足って、二十三・五センチだよね」

「そう」

だったらサイズに間違いはない。

「靴下のせいかな。足をこっちに伸ばして」

実鈴が爪先を向けてきた。穿《は》いているソックスを脱がせてやる。

あらわになった足を見て驚いた。蜂にでも刺されたのか。そう疑ってしまいそうになるほど膨れ上がっている。一日中立ち仕事をしていたというのなら分かるが、今日はずっと横になっていたはずだ。なのに、どうしてこんなに浮腫《むく》んでいるのだろう……。

「大丈夫。ちょっと待ってて。マッサージしてみるから」

胡坐《あぐら》をかく要領で、右足を抱え込もうとしたらしい。実鈴は腕を伸ばしながら、体をやや前屈《まえかが》みにした。

その上半身が予想以上に傾《かし》いだ。かと思うと、彼女は頭の方からカーペットの上に倒れ込んでいた。

2

面会が許されている時間より早く着いてしまったので、K病院の駐車場を一回りしてみることにした。

いま停まっている車は、ざっと数えて百台ほどか。ボディに傷はないか、フロントガラスが割れていないか、タイヤの種類はどうか、といった点をざっと調べていった。

やがて浅丘は一台のセダンに目を留めた。しゃがみ込んで車体前部に目を近づける。

【安全運転宣言車】。そんなステッカーが貼られたバンパーが、傷ついて凹《へこ》んでいた。

さらに目を凝らし、傷の付近にケブラーらしき繊維が付着していないか調べてみたが、泥砂《でいさ》以外の微物を認めることはできなかった。

とはいえ、一応あたってみた方がいいだろう。

メモ帳にナンバーを控えてから、病院の建物に入った。案内カウンターに向かう。

「すみませんが、この車の持ち主を呼び出してもらえませんか」

係の女性に警察手帳を提示し、いま控えてきたナンバーを告げた。

車の所有者が現れるまで、そばにあったソファに座っていることにする。

目の前にある待合室の掲示板は、多くの張り紙で埋め尽くされていた。診療時間を変更します。看護師を募集します。公開カンファレンスの日程は次のとおりです……。

様々な告知がなされている中で、特に目を惹《ひ》いたのは一枚のポスターだった。

【臓器移植法一部改正のお知らせ　二〇一〇年一月十七日から親族への優先提供制度が始まりました】

先日自殺した若い男性のことが、自然と思い出された。

現場で嘱託医から教えられたとおり、ポスターには『親族提供を目的とした自殺を防ぐため、自殺者から親族への優先提供は行なわれません』と書いてある。この一文を目にする機会さえあったら、あの青年が命を落とすこともなかったのではないか。

それはともかく、このポスターが気になったのは、図柄が指輪だったからだ。石は赤い瑪瑙《めのう》で、それを押さえている爪は丸みを帯びた優しいデザインになっている。瑪瑙は八月の、つまり実鈴の誕生石だ。

――指輪か……。

気が重くなった。今日は姉に悪い報《しら》せを伝えなければならない。

そこへ車の持ち主がやってきた。五十年配の肥満した男だった。

「バンパーに傷がありましたが、あれはどういう経緯《いきさつ》でついたのでしょうか」

浅丘が身分を告げてから訊《き》いてみたところ、男は照れくさそうに鼻の頭を掻《か》いた。

「自宅前に側溝があるんだよ。そこで脱輪しちまってさ。角材をバンパーの下に入れて持ち上げたら、ああなっちゃったんだよね」

その答えは、自分の見立てと一致していた。

「分かりました。どうもお騒がせしました」

礼を言い、引き取ってもらったときには、面会が許される時間になっていた。

泌尿器科の病室は五階にあった。実鈴の病室は五一三号室と聞いている。

実鈴が倒れたのは一昨昨日《さきおととい》、十一月十五日の土曜日だった。一一九番に通報したときはさすがに慌てていたが、駆けつけた救急隊員に、医療法人K病院へ向かうよう依頼することは忘れなかった。

病床に空きがあったのは幸運だった。それにしても、なぜこの病院でなければならないのか。ホワイトボードに実鈴があのメモを書いたとき、もちろん訊《たず》ねてみた。「教えない」。返ってきた答えはそれだけだった。

「こんちは」

スライド式のドアを開けて入ってみると、そこは狭いが清潔な個室だった。

実鈴はベッドに上半身を起こし、本を手にしていた。表紙には『交通事件捜査の実務捜査提要』とある。こんなときでも仕事が頭を離れないらしい。

病気休暇を取る直前まで姉が担当していたのは、ある轢《ひ》き逃げ事件の捜査だった。死亡した被害者は四十五歳の男性。三児の父親だった。男性は事件当時、ケブラーという繊維でできたジャケットを着ていた。

実鈴は本を閉じた。「いらっしゃい」

「昨日はごめん」

見舞い客用のスツールを引き寄せながら、浅丘は頭を下げた。

昨日の月曜日になってから面会が許可されていたが、こっちは新人の地域課職員を指導する仕事を任されていたため、どうしても年休を取ることができなかった。

「気にしないで。今日は非番なの？」

「いや、夕方から出なきゃいけない」

すでに職場の同僚が見舞いに来たらしい。壁には千羽鶴が掛けてあった。短冊に書かれた【祈・早期復帰！】の文字は極端な右上がりだから、刑事課長である谷口《たにぐち》の手によるものだとすぐに分かる。

鶴の色は白と黒の二種類だった。普通、千羽鶴に黒い折り紙は使わないはずだ。警察らしさを出そうと、無理な茶目っ気を発揮した者がいたようだ。そのあたりがいかにも刑事課らしい。

「これ、まだ入らないかな」

持参したバッグから、例のウォーキングシューズを取り出した。

実鈴が体調不良に陥った原因は腎臓《じんぞう》にあった。自宅で倒れた晩、救急車でここへ運ばれ、すぐに人工透析を受けた。もう少し処置が遅れていたら命に関わるところだったようだ。

腎臓の働きが悪いと体内に老廃物が溜まったままになるので、手足に浮腫みが生じる。履けなかったのも道理だ。あれから何度か透析を受けたはずだから、少しは症状が改善されていると思うのだが……。

「その前に質問」

実鈴は再び、シューズの底をこっちに向けてきた。

「右側ソールの先端部分だけが集中的に摩《す》り減っている場合は、どんな人物像が類推されるか」

「スポーツをしている人かな。サッカー選手とか？」

「違う」

「じゃあ……」

ほかの答えが、すぐには見つからなかった。

「運転手ではありませんか」

背後で声がした。振り向くと、病室の入り口に白衣を着た男が立っていた。

「ブレーキやアクセルのペダルを、長い時間踏むことの多い職業の人だと思いますが」

そう言葉を続けながら男が室内に入ってきた。上背があった。百八十センチを超えているか。身長のせいで首にかけた聴診器が小さく感じられる。彼が姉の主治医らしい。

「姉がお世話になっています」浅丘はスツールから立ち上がった。「弟の浅丘秀通といいます」

「貞森《さだもり》と申します」

名乗った声には深みがあった。下の名前が「慈明《しげあき》」であることは、白衣につけたネームプレートから知れた。

ところで「運転手」との答えは合っているのか。実鈴の顔を見やり、彼女の唇が「正解」の形に動いたのを確認してから、浅丘は貞森の方へ顔を戻した。

歳は三十二、三といったところだろう。自分より一つか二つ上だと思う。鼻梁《びりょう》が高く、多忙のせいなのか、締まった頰に薄《うっす》らと髯《ひげ》をはやしているが、だらしがないという印象は少しも抱かせなかった。

「先生、よくご存じでしたね」

「以前わたしが診察した患者に、右足の親指に大きなマメのある人がいたんです。彼の職業が長距離トラックのドライバーでしたのでね。――浅丘さん、調子はどうですか」

「昨晩まで背中が痛みましたが、今日は少し楽になりました」

「姉の病状は、どんな具合なんですか」

「結論から言えば腎不全です。腎臓の糸球体《しきゅうたい》に炎症が起きています。尿に混じるタンパクの量が一日あたり四グラムにもなっていますから、症状はけっして軽くはありません」

「でも、いずれは完治しますよね」

「もちろんですよ」

貞森はてきぱきとした動作で実鈴の脈をとり、薬を飲ませ終えた。

「あと十五分したらまた来ます」

そう言い置いて貞森が病室から出ていくと、実鈴が毛布の下から片足を出した。

「履かせてみて」

姉の爪先をシューズの中に入れてみたところ、どうしてもいまだに踵《かかと》がはみ出てしまう状態だった。

「忙しいんでしょ。もう帰っていいよ」

いや。まだ肝心の用事が残っている。

「姉さん、これ」

エテルナの腕時計を実鈴に渡した。昨日になって、婚約者だった小原から返送されてきたものだった。

「あ、そう」

実鈴は何事もなかったように受け取り、代わりに自分が小原からもらっていたダイヤの指輪を放り投げてきた。

「じゃあ、これも送り返しておいて」

「……了解」

拍子抜けしてしまった。実鈴は小原を気に入っていたようだから、さぞがっかりするだろうと思っていたのだが。

腰を上げようとしたとき、病室の壁に一枚の風景画が掛かっているのに気づいた。険しい岩場と高い波を一目見て、どこを描いたものかはすぐに分かった。釣りの穴場として知る人ぞ知るN海岸だ。

沖にできた砂の山と、一部だけ濁った水。N海岸でよく発生する離岸流の特徴がきっちりと描き込まれている。

絵画の隅には、SADAMORIとの署名が書き添えてあった。もしかしたら貞森も釣りが好きなのかもしれない。だったらこっちと話が合いそうだ。

十五分後に、その貞森がまた姿を見せた。だが何も言わず、ただ笑顔だけを残して去っていった。

「何しに来たの？　いま」

「さあね。いつもあんな調子だよ」

貞森は、小さな約束をしては、それを守ってみせるのだという。

「まったく変な医者でしょ」

実鈴は布団を被ってベッドに潜り込んだ。その際、彼女の顔が赤らんでいたのを、浅丘は見逃さなかった。

なるほど、小原との縁談が壊れても姉が少しも落胆しなかったのはこういうわけか……。

合点しつつ浅丘は病室を出た。貞森を追いかけ廊下を走る。

「いずれは完治しますよね」

貞森の背中に向かって、同じ質問を繰り返した。なぜなら先ほど、

――もちろんですよ。

その答えを貞森が口にした際、さりげなく視線を逸《そ》らしたからだ。相手の微妙な仕草が気になってしょうがないのは、仕事で職務質問を重ねるうちに身についた性癖だ。

「秀通さん」振り返った貞森の顔は、案の定、強張《こわば》っていた。「包み隠さず申し上げま

す。残念ですが、人間の糸球体に再生能力はありません。一度破壊されれば、もうけっして元には戻らないんです。薬や外科手術で治すことも不可能です」

説明する貞森の一語一語に打ちのめされ、しまいにはふらつきそうになっていた。

「……だったら、この先ずっと人工透析を受けないといけないんですか」

「いいえ。完治できないことはありません。腎移植という方法があります。手術自体は難しくありません。ただし、ドナーが簡単に見つかるかというと、そうはいかないんです」

「じゃあ、どうすれば……」

「どうしようもありません。たとえ適合するドナーが現れたとしても、今度は順位という問題があります。以前から移植ネットワークに登録している人を、つまり待ち時間の長い患者さんを優先せざるをえないんです」

要するに、姉が完治する見込みは当分ない、ということだ。

人間の腎臓はどのあたりにあるか分からなかったが、この辺だろうと見当をつけ、臍《へそ》の真横あたりに手をやり、浅丘は貞森に詰め寄った。

「ぼくのを、姉に使ってもらえませんか」

貞森は一歩後ろに退いた。

「秀通さん、よく聞いてください。人間の白血球には組織適合性抗原というものが含まれています。英語でヒューマン・ルーカサイト・アンチジェン。略してHLAです。臓器移植は、このHLAの型が同じ人の間でしかできないんです」

「どれぐらいの確率で一致するものなんですか？　それは。兄弟とか姉妹なら、百パーセント大丈夫なんですよね」

「いいえ。それは一卵性双生児の場合だけです」

「じゃあ、普通の姉弟《きょうだい》だったら？」

「二十五パーセントに過ぎません」

3

三日後、再び見舞いに訪れた浅丘は、壁に掛かっていた千羽鶴を手にした。

「これ、ちょい借りるよ」

折り鶴の連なりは六本あった。同じ数の通し糸が、一箇所で結ばれている。その結び目を解いて六本を独立させてから、鶴の束を両手で握った。

「上の方に六本の糸が出ているだろ。これを二本ずつ結んでみて」

「何をさせる気？」

「いいからさ。とにかくやってみて」

実鈴の浮腫んだ指が三つの結び目を作った。

「下の方も同じようにしてよ」

浅丘は千羽鶴を持った両手の位置を少し上げてやった。彼女の指が、最下段の鶴の腹から通し糸を引っ張り出し、さっきと同じように三箇所で縛ると、上下にそれぞれ三つずつの結び目ができた。

「さて姉さん、結び合わされた鶴が、もしも一つの輪になっていたら、どうなると思う」

「別にどうにもならないでしょ。ただのつまらない偶然が起きた、ってだけじゃない」

「違うな。これは結婚占いなんだ。輪ができていたら、結んだ女性は一年以内に誰かと結ばれる、ってことになっている」

「本当？」

「ああ。ちゃんとした本に載っていたんだから間違いない。確率的にいうと、十五回に八回の割合で輪ができるんだってさ。――婚約指輪はダイヤでもいいけれど、結婚指輪は誕生石にしたいって言ってたよな、たしか」

「その手をさっさとどけて」

「待った。姉さん、おれと約束してほしい。もし輪ができ上がっていたら、すぐに貞森先生にアプローチするって。神様が応援してくれているということだから、いまがチャンスだ」

——あの先生が気に入ったんだったら、早く仕掛けた方がいい。もたもたしていると誰かに取られる。

すでに最初の見舞いの際、帰り際にそうけしかけてあった。さらに今日は、一つのアイテムを準備してある。市役所の窓口からもらってきた一枚の用紙だ。

最初実鈴は、その書類を前にしても、なかなかボールペンを手にしようとはしなかった。弟である自分が見ている前では、どうにも照れくさくてしょうがないようだった。彼女に署名捺印《なついん》してもらうには、煙草《たばこ》を買いに行くとの口実で、いったん外出しなければならなかった。

「……分かったよ」

その返事で、一つはっきりしたことがある。

こうまで短期間のうちに求婚の意思を固めたということは、まず間違いなく、以前から姉は貞森を知っていたのだろう。小原との縁談がまとまりはしたが、心の底では貞森の方に惹かれ続けていたのではないか。万が一の入院先としてK病院を指定したのも、そこに想いを寄せる相手がいるからというわけだ。

鶴を束ねていた手を開くと、ありがたいことに輪ができていた。もしこれが失敗に終わっていたら、もたもたしている実鈴を焚《た》きつけるのに、また別の方法を考えなければならなかったところだが、その手間が省けたのは幸いだ。

その直後、病室のドアがノックされ、貞森が入ってきたため、残念ながら姉の表情をじっくりと観察する暇がなかった。

「先生とわたしの相性って」何事もなかったかのような顔で実鈴は貞森に言った。「どうだと思いますか。いい方だと思います？　それとも悪い方だと？」

「最高ですよ。これ以上はないほど」

その返事に、浅丘は実鈴と顔を見合わせた。

「実鈴さんのＨＬＡは、わたしと同じ型です。赤の他人同士で合致する確率は何千人に一人という割合ですから、これは奇跡と言ってもいい。おそらく家系がどこかでつながっているんでしょうね」

結局、そんな医者らしい答えではぐらかされると、実鈴は意を決した顔になった。

「今回の約束は、わたしの方から提案してもいいですか。今日の診察が終わったら、ぜひ守ってほしいことがあるんですけど」

「どんなことですか」

「これに名前を書いて、ハンコも押して、持ってきてほしいんです」

実鈴は準備していた書類――婚姻届――を貞森の前に出してみせた。

半ば冗談、半ば本気の攻めに、貞森はさすがにたじろぐ様子を見せたが、結局は頭を掻きながら書類を受け取った。

「浅丘さん、あなたが捜査していた轢き逃げ事件ですが、近いうちに犯人が判明するような気がします。わたしの勘は、けっこう当たるんです」

小さく笑って、貞森は病室を後にした。

一拍置いてから、先日もそうしたように、浅丘はまた貞森の背中を追いかけた。

「先生、結果は出ましたか」

自分のＨＬＡが実鈴のそれと一致するかどうか、貞森に調べてもらっている最中だった。

「まだです。まあ、あと三、四日ぐらいで判明するでしょうから、もう少し辛抱してください」

「分かりました」

頷きながら、浅丘は懐に手を入れた。そこから取り出したのは、焦茶色をした革製のＩＤ——警察手帳だった。

「先生、これが普通の手帳です。でも、姉のはちょっと違います」

手帳の表紙に、浅丘は、爪の先で斜めに薄く傷をつけてみせた。

「こうなっているんです」

それだけで、勘のいい貞森には、こっちが何を言いたいかが伝わったはずだった。

手帳の傷は、かつて実鈴が、ナイフを持った窃盗犯を逮捕しようとして切られたものだった。

犯罪者を相手にする危ない仕事だ。長く続けていれば、いずれ、切られるものは手帳では済まなくなるだろう。

実鈴には刑事を辞める気などさらさらないようだが、弟としては心配でしょうがない。彼女には早く別の課に移ってほしい。結婚すれば本人の気持ちも変わるはずだ。そのためにも、姉の気持ちを汲《く》んでやってほしかった。

「……すみません」浅丘は唇を噛《か》みながら手帳をしまった。「つい、脅迫するような真似をしてしまって」

「気にしないでください」

「このあとも、先生は患者さんのところを回って歩かれるんですか」

「いいえ、嬉しいことに今日は昼休みをきちんと取れそうです。ちょっと食堂で腹ごしらえをしてきますよ。どうでしょう、秀通さん。よかったら一緒に食べませんか」

「喜んで」

貞森と並んで病院の食堂に入った。

浅丘は天ぷらうどんを、貞森は牛レバー定食にほうれん草とひじきの和え物をトレイに載せ、窓際の席に向かい合って座った。

「レバーがお好きなんですか」

浅丘は、嫌そうな顔をしないよう注意しながら訊ねた。自分にとって動物の肝臓ほど苦手な食べ物はない。見るのもお断りだ。

「いいえ。できれば食べたくないですね」

「じゃあ、どうして」意外な答えに、つい貞森の皿に視線を向けてしまった。「それを注文したんです?」

「鉄分を補おうと思いまして」

そう言えば、ひじきもほうれん草も鉄分が豊富な食材だ。

これも医者らしい答えに感心しながら、飴《あめ》色に焼き上げられた臓器から目を離した。

「ところで先生、ぼくとも一つ約束していただけませんか」

「どんな?」

「こんなことを改めて言うのは失礼だと十分承知していますが、姉の治療に全力を尽くす、と」浅丘は頭を下げた。「お願いします」

「分かりました。ただし秀通さんにも、わたしと一つ約束してもらいますよ」貞森はふっと軽く笑った。「さっきから約束だらけですね。誰が誰とどんな取り決めをしたのか忘れてしまいそうだ」

「何でも約束します。遠慮なく言ってもらえますか」

「秀通さんは普段、喫煙していますね」

簡単に見抜かれて、やや狼狽《ろうばい》した。今日は家を出る前、軽くコロンをつけてきたのだが、それでも衣服に染み付いた煙草臭をすべて覆い隠すには至らなかったらしい。

「わたしがお姉さんを治すことができたら、秀通さんはまず、ポケットから煙草の箱を取り出してください。そして中身は残し、いったん箱だけを捨てるんです。そうしてから、煙草をまとめて両手で持ち、雑巾《ぞうきん》をしぼるようにぎゅっとねじって二つにへし折って、これも屑籠《くずかご》か灰皿に放り込む。いいですね」

皮肉を交えたつもりか、ずいぶん回りくどい言い方だが、要するに、これからずっと禁煙してください、というわけだ。

「難しそうですけど……分かりました。約束します」

「それから秀通さん、いつか休みを取れそうですか」

「ええ。年休が溜まりに溜まっていますから」

「では近いうち、一緒にN海岸へ釣りに行きましょう」

4

「日本の海はっ」荒磯を歩きながら、貞森がこっちに向かって声を張り上げた。「海外の海に比べてっ、磯の香りが強いといわれますねっ」

「そうですねっ」

釣り竿《ざお》を構える前から疲れてしまいそうだった。怒鳴るようにして喋《しゃべ》らなければ、波の轟《とどろ》きに声が掻き消されてしまう。

帽子を押さえ、浅丘は空を見上げた。磯釣りにはあまり向かない天気かもしれない。風速は十メートルに近く、黒い海肌のうねりは大きい。

反対に、貞森の顔は晴れやかだった。背負っていた重荷からようやく解放された。そんな表情をしている。久しぶりの釣りが相当嬉しいらしい。昨日で実鈴は退院し、自宅から透析に通うようになった。そのため主治医にも少し時間ができたというわけだ。

「なぜだかご存じですか」

「考えたことありませんね」

「海流が強いからです」

「海流が強いと、なんで磯臭いんですか」

「プランクトンが、多く発生するからです」

まだよく分からなかった。

「磯のにおいの正体は、プランクトンの死臭なんですよ」

死臭……。授けてもらった知識は医学的、科学的ではあるのだろうが、知らない方がよかったかもしれない。風情も情緒も台無しにされた気分だ。

「案外、無粋ですね」

貞森に聞こえないよう呟き、釣り場を定めたところ、落雷かと思うほどの轟音《ごうおん》をともない大波が一つ岩に当たった。

白い飛沫《しぶき》を浴びながら貞森は大きく竿を振った。

「大海《おおうみ》の、磯もとどろによする浪《なみ》、われて砕けて、裂けて散るかも。——わたしの一番好きな歌ですっ」

「……前言は撤回します」

無粋と評したことを小声で謝り、浅丘も貞森のすぐ隣で仕掛けをキャストした。

平日だから、あたりにはまったく人気《ひとけ》がなかった。

「小さな約束をして、それを守ってみせる。そんな行為に、どんな意味があるんですか」

訊いてみたところ、貞森は照れたように笑った。

「薬を飲ませたり診察したりという医者の処置は、もちろんそれだけで患者を快方に向かわせます。でも、ああして患者から少しでも信頼を得るようにすると、もっと効果が上がるんですよ」

なるほど、と思わされた。

「そういえば、この前も実鈴さんと約束をしたんだっけ……」

「どんな約束ですか?」

「ちょっとしたプレゼントを持ってきます、と。これですよ」

貞森は、身につけている赤いフィッシングジャケットのポケットから、小さな箱を取り出した。

「すみませんが、秀通さんから渡しておいてもらえますか」

縦、横、高さのいずれもが、七、八センチほどの箱だった。臙脂《えんじ》色をした絹の薄布で包装されている。

「中身は?」

「内緒です。ただちょっとだけ白状すると、院内を歩いているとき、あるものを目にしたんです。それが気に入ったので、真似をして買ってしまいました」

「分かりました。すぐに渡しておきます」

受け取った箱をバッグにしまった。

「それから、出ましたよ」

その短い台詞《せりふ》だけで、HLAの検査結果だと直感できた。

「残念ですが、不一致でした」

いったいどういうわけだろう。歓迎したくない言葉ほど、周囲がうるさくてもはっきり聞こえるものだ。

最初のアタリは、竿を構えてから五分もしたころにやってきた。釣り上げた魚は体長が四十センチほどのメジナだった。それから十分ほどすると、今度は三十センチほどのメバルがかかった。

一方、いまだ釣果《ちょうか》のない貞森はリールを巻き上げ始めた。

「ちょっと場所を変えてみます」

「波が高くなってきてますから、気をつけてくださいね」

貞森がクーラーボックスを抱え、小高い崖《がけ》の方へ上がっていったため、一人で釣る格好になった。

「ここだと魚影も見えますから、釣果も上がりそうですよ」

貞森の声に、浅丘は崖の上を振り仰いだ。

「いいですか、これからわたしがキャストするポイントが狙い目です。わたしの方をよく見ていてくださいね」

ちょうど何度目かの手応えがあった最中だが、リールを巻く手を休め、浅丘は貞森の方へ体を向けた。

貞森が竿を振りかぶり、ルアーを放った。

次の瞬間だった。貞森の体が急に沈んだ。足を滑らせたのだと悟ったときには、人体が岩に打ち付けられる鈍い音を耳にしていた。

「先生っ」

浅丘は竿もタモ網もその場に放り出し、崖下の岩場を目指して走った。

そこへ高い波が押し寄せた。浅丘も頭から波を被った。

顔から海水を払い、岩場に目を凝らしたが、そこに貞森の姿はなかった。いまの高波がさらっていったに違いなかった。

海の方へ顔を向けると、三十メートルほどの沖合、白く砕ける波間に、何やら赤いものが浮いている。貞森のフィッシングジャケットだ。離岸流に乗ったらしく、見る間に遠ざかっていく。

声を張り上げ周囲に助けを求めながら、浅丘は携帯電話を取り出した。

「事故です。人が崖から足を滑らせて、波にさらわれました。場所はN海岸の磯釣り場です」

自分では落ち着いていたつもりだった。消防署に連絡する声が震えたりはしなかったし、深呼吸をするだけの気持ちの余裕もあった。

――救助が可能なのは、相手の体重が自分の三分の一以下であるときのみだ。それ以上になると、しがみつかれた場合、二次災害が起きる。したがって溺者《できしゃ》を発見しても、けっして早計に飛び込んではならない。

警察学校時代に受けた水難救助講習。そのとき教えられた内容をはっきり思い出すことができたし、波打ち際で赤いフィッシングジャケットを目で追いながら、頭の中で幾度か反芻《はんすう》もしていた。

だが、体が勝手に動くのを止めることはできなかった。

気がついたときには荒磯の岩を蹴《け》り、泡立つ波の中に飛び込んでいた。

5

目が覚めるとベッドの上にいた。

ベージュ色の天井材に設けられた吸音孔のパターンからK病院だと知れた。

壁に目をやり驚いた。カレンダーがいつの間にか師走《しわす》のものに替わっていたからではない。その隣に貞森が描いたあの絵が掛けてあったからだ。

ここは以前、実鈴が入っていた五一三号室なのだろうか。だが、いま窓の外にある景色は、姉の病室から見えたものとはまるで違っている。だとしたら、なぜこの絵がある？　貞森は同じ題材で複数描いていたということか……。

ナースコールのボタンを押してみたところ、看護師が四、五人、一斉にやって来た。

「まる二日間完全に意識を失っていて、その後の二日間も朦朧《もうろう》とした状態でしたよ」

看護師の一人からそう教えられた。二日間も覚醒《かくせい》しなかったとしたら、こうして看護師たちが押しかけてくるのも無理がないかもしれない。

どうやら海に飛び込んだあと、岩場で頭を打ってしまったらしい。そういえば、まだ後頭部に強い痛みが残っている。左足の大腿骨《だいたいこつ》には罅《ひび》が入ったらしく、いまは動けない状態だった。

ベッドサイドのテーブルには千羽鶴が置いてあった。意識を失っている間、署の誰かが見舞いに来てくれたようだ。黒い鶴は交じっていない。刑事課と違い、地域課の連中は総じておとなしい。

姉の顔を思い浮かべた。自宅に連絡しようとしたところ、間のいいことに、その実鈴が病室に姿を見せてくれた。

「ありがとう」

実鈴は何よりも最初に、その一言を口にした。主治医であり、想いを寄せる相手でもあった男。彼を抱え、岸まで引っ張ってきた。それに対する、患者としての、そして女としての礼だろうか。

なぜか実鈴も患者衣を着ていた。いったんは退院した姉だが、聞けば、三日前から再入院する必要が生じたとのことだった。

「わたしの方は、三週間ぐらいまたここにいなきゃいけないの。あんたの方が先に退院できると思う」

そうは言うものの、病状が悪化したようには見えなかった。むしろ顔色は前よりだいぶよくなっている。そう指摘してやると姉は歯を見せた。

「おかげさまでね。——見てごらん」

実鈴は入院患者用のサンダルを脱ぎながら、持っていた紙袋から例のウォーキングシューズを取り出した。二十三・五センチの足は、同じサイズの靴にすんなりと収まった。透析治療の成果はだいぶ上がっているようだ。

「姉さん。ここって、五一三号室か」

「違うって。ここは七〇五号室。外科のフロア」

「だったら」壁の絵を指差した。「なんであれが、ここにもあるんだ」

「先生のじゃないよ。それはわたしの絵なの」

体の向きを変え、額縁に目を近づけてみた。やはり右隅にはSADAMORIとのサインがある。

「どういう意味？」

「わたしが退院したときに、貞森先生からこの絵をもらったのよ。それをわたしがあんたに貸しているわけ」

こっちが意識を失っているあいだに、看護師に頼んでここへ掛けてもらったようだった。

「で……。どうなった？　先生は」

実鈴はしばらく俯《うつむ》いたあと、また紙袋に手を入れた。次にそこから取り出してみせたのは赤いフィッシングジャケットだった。やはり助からなかったようだ。

どうして姉が彼の遺品を持っているのか。経緯がよく分からなかったが、もう問いかける元気がなかった。

貞森は誤って崖から岩場に転落、頭を強打し死亡した。司法解剖後に警察が出した見解にしたがって、この一件は事故死として処理され、遺体はすでに火葬された。

そう語った実鈴の声は静かだった。悲しみが吹っ切れた、という状態なのだろうか、無理に感情を押し殺しているふうではなく、自然な淡々とした口調だった。

その実鈴は、ベッドサイドに置かれていた見舞いの品々に目をやった。

「あんたももらったの？　これ」

見舞い品の中には商品券が含まれていた。病院の隣に立っているデパートで使えるものだ。いまの口ぶりからすると、実鈴も同じものをもらったらしい。

「じゃあ、あんたが退院するとき、お祝いをするよ。家に戻る前に、わたしに声をかけて。一緒に隣のデパートへ行って、まずはお昼を食べよう。その後で何か買ってあげる」

「分かった。おれも姉さんが欲しいものをプレゼントするよ」

「じゃあ、お互い何を買ってもらうか考えておこうか」

頷いて思い出した。貞森から預かったものがあったはずだ。

幸い、釣りに持参した自分のバッグは枕元に置いてあった。浅丘は、そのなかから臙脂色の絹に包まれた小箱を取り出し、実鈴に渡してやった。

「先生から、姉さんにって」

小箱を受け取ると、もう一度礼の言葉を残し、実鈴は出て行った。

しばらくして、今度は警察の上司が姿を見せた。N署の地域課長の江田《えだ》だ。なぜか刑事課長の谷口も一緒だった。

「おれに感謝しろよ」

スツールに腰を下ろしながら、江田がいつもの悪声を出した。

「事故があった日のうちに、消防に手土産持参で頭を下げてきた。おかげで、おまえのクビはまだ繋《つな》がってるってわけだ」

江田の言葉に、隣に座った谷口がふっと短く笑う。

「申し訳ありませんでした」

水難事故に際しての原則を守らず、海中に飛び込んだ。救助に余計な手間をかけさせたに違いない自分の無謀さは、当然非難されるべきだ。反論はできない。

それにしてもちょうどよかった。彼らに話しておきたいことがある。この二日間、朦朧とした意識のなかで考えた一つの仮説。それを伝えておかなければ。

「はっきりした証拠はありませんが」そう前置きしてから浅丘は言った。「貞森先生は、自殺したのではないでしょうか」

――近いうちに犯人が判明するような気がします。

彼の言葉が思い出された。もしかして、轢き逃げ事件の犯人は、貞森だったのではないか。事件以来、良心の呵責《かしゃく》に苛《さいな》まれつつも、かろうじて貞森は耐えていた。だが、あの事件の捜査で体を壊した実鈴の姿を見て、ついに限界に達した。そういうことではないのか……。

「先生は、うっかり足を滑らせたふりをして、故意にあの崖から落ちた。そうわたしには思えてならないんです」

「だとしたら」それまで黙っていた谷口が身を乗り出してきた。「なぜ彼はきみを釣りに誘ったりした」

答えに窮した。

自殺を望むなら一人の方が好都合だ。そばに第三者がいれば、絶命する前に救助されてしまうかもしれない。そのリスクを冒してまで、他人をあの場に同伴させた理由は何だ……。

――わたしの方をよく見ていてくださいね。

彼が最後に発した言葉から考えれば、死に際の目撃者を欲した、ということになりそうだ。だがその解釈にも、なぜ、という疑問はついて回る。

「いまの話は聞かなかったことにする」

谷口の言葉に黙って頷くしかなかった。たしかに何を言っても後の祭りだ。貞森の葬儀は終わった。遺体は茶毘《だび》に付されたのだから、検死や解剖をやり直すことはもはや絶対にできない。

「おれに感謝しろよ」

ふいに先ほどと同じ台詞を繰り返した江田の真意が分からず、浅丘は瞬《まばた》きを重ねた。

「……はい。おかげさまで命だけは無事でした」

「そうじゃない。こっちの件だ」

江田は、上着の胸ポケットに挿し込んでいた書類を引っ張り出すと、それを毛布の上に放り投げるようにして置いた。

思わず何度も頭を下げていた。目脂《めやに》のせいか、それとも薄く涙が出たせいか、視界にあるものの輪郭がぼやっと霞《かす》む。そのため、本当は赤いはずの紙が、いまはピンク色に見えていた。

「ただし天狗《てんぐ》になるなよ」江田の分厚い手がこっちの肩を摑んできた。「まあ、おまえに見所があるのは確かだが、何よりも今回のチャンスは、刑事課に一人分空きがでたせいだからな」

「ということは、どなたか辞められたんですか」

「なんだ、まだ聞いていなかったのか」

谷口が懐から警察手帳を一つ取り出した。

視界はぼやけたままだったが、その表紙に刻まれた特徴を見落とすはずもなかった。斜めに走った傷は、それだけ深く焦茶色の革に刻まれていた。

6

松葉杖《づえ》を使うのは、高校時代に参加したスキー教室で転倒して以来のことだから、十五年ぶりになる。

外科病棟から内科病棟に接続する渡り廊下には、ありがたいことに「動く歩道」が設置されていたので、遠慮なく利用させてもらった。

姉との約束は午後一時だった。時間ちょうどに待合室に行くと、実鈴はもうソファに座って雑誌を捲《めく》っていた。人工透析の効果には目を瞠《みは》るばかりだ。本当に入院の必要があるのだろうか。いまは患者衣から普段着に着替えている。そのせいもあるのだろうが、以前の健康だったころとまったく変わらない様子だ。

肩を並べて病院から出た。

デパートに向かっている間、実鈴と言葉は交わさなかった。

——辞めるなんて、もったいないって。なんでだよ？

もう何度か発した質問を繰り返したところで、また答えをはぐらかされるだけだろう。

真っ直ぐ歩こうとはしているもののどうしても体が左右に揺れてしまう。これには閉口したが、幸い、デパートのバーゲンセールは昨日で終了している。今日の客足なら、多少ふらついても他人にぶつからずに済みそうだ。

まずはエレベーターで最上階のレストラン街に行き、洋食店に入った。

「あんたの分、わたしがオーダーしてもいい？」

「いいけど」レバー定食だけはやめてくれと願いながら、念のため訊いてみる。「何を頼むつもり？」

「牛レバー定食」

「……嫌がらせのつもりか」

「その反対だって。姉なりの愛情よ」

「言っていることが、よく分からないんだけど」

「あんた、いま、実は悩みに悩んでいるでしょう。刑事になれそうだけれど、本当に自分に務まるのか。猛者《もさ》ばかりの集団で足手まといになるんじゃないのか。もしかしたら辞退した方がいいんじゃないのか、って。つまり、大きな決断を迫られている」

図星だった。

「貞森先生に教わったんだけど、そんなときはね、とにかく鉄分を摂取するのが一番なんだって」

つまり、悩み過ぎた脳というのは酸欠を起こしている状態である。これを回復させるには酸素を供給してやらなければならない。すると必要なのはヘモグロビンだ。ヘモグロビンの材料となるのは鉄分である、というわけね——。

姉の説明を聞きながら浅丘は、いつか一緒に病院の食堂で、貞森と向かい合ったときのことを思い出していた。貞森もまた、あのときからすでに、自分の身の振り方について悩み抜いていた、ということかもしれない。

我慢して牛の肝臓を胃袋に詰め込んだあと、五階にあるスポーツ用品売り場へ向かった。

釣り具も扱っているこのフロアで、浅丘は、小さめのタモ網を一つ選んで手に持ってみた。前に所持していたものは、貞森を助けようとしたときのどさくさで紛失してしまっていた。

四段階伸縮のアルミ製。値段は二万円近くする製品だったが、実鈴が商品券で会計を済ませてくれた。

次に向かった先は四階の鞄売り場だった。実鈴が望んだものはスーツケースだった。ポリカーボネイト製のハードタイプが欲しいという。

退院したら近場の観光地でも回ってくるつもりか。それがいいと思う。この数日間で、姉は抱えきれないほど多くの感情を味わったはずだ。静かな温泉場あたりで独りになり、ゆっくりと気持ちを整理すればいい。

「これがいいんじゃないの」

自分の手は、無意識のうちに黒いケースを指差していた。貞森の死。喪に服すという気持ちがどこかにあったのかもしれない。

「駄目。旅行バッグの類《たぐい》は、できるだけ明るい色じゃなきゃ」

「どうして」

「あんたさ、刑事になれそうなんでしょ」

誰かさんのおかげでね——余計な台詞は言わず、「順調にいけば」とだけ応じておいた。

「そのくせ色彩心理学ってやつを知らないの？　暗い色だと重く感じるから駄目なのよ。これは常識」

そう答えた実鈴の目は、薄い黄色の四輪タイプに向いている。大きさは、小、中、大、特大の四種類だ。それらが階段のように並べられた形で展示されていた。浅丘は「大」のケースに顎《あご》をしゃくった。「こんなのは必要ないよね」

「うん」

続いて「中」タイプに手を置いた。「じゃあこれにする?」

実鈴は首を横に振った。

「じゃあこれだな」

「小」のケースをレジに持っていこうとした。

「待って。ちょっと考えさせてもらえる?」

「いいよ。それじゃあ、おれはあっちで一服しているから」

実鈴に商品券を渡し、エレベーター脇に設けられた喫煙所の方を指差してから、浅丘は売り場を後にした。

喫煙所の窓からは隣のK病院が見えている。

高い鼻梁、締まった頰、薄く生えた無精髯……。目蓋《まぶた》の裏に浮かんだのは、初めて会った日に見た貞森の面影だった。

四日前の十二月一日、江田と谷口が見舞いに来た日の夕方に、彼が所持していた乗用車のフロントグリルからケブラー繊維が検出された。

その情報に接しても、実鈴は動揺した素振りを見せなかった。

――近いうちに犯人が判明するような気がします。

あの貞森の突飛な言動から、彼女もまた、犯人が誰なのか薄々勘づいていたのではないかと思う。

口元が寂しくなり、マイルドセブンの箱を取り出そうとポケットに手をやったとき、

「お待たせ」

実鈴の声がしたので振り返った。

煙草の箱を持つ手を途中で止めたのは、彼女が「特大」のケースを引っ張っていたからだ。

「松葉杖のお世話になっているあんたには、大き過ぎる荷物で気の毒だけど、これ、持ち帰ってわたしの部屋に置いといて」

「ちょっと待った」

「いいの、これで。値段なら大丈夫。五万円以上したけれど、商品券で足りない分はわたしが自分で出したから」

「そんな問題じゃないって。いったい何泊の予定なんだよ」

【十日以上のご旅行向け】。持ち手部分に括《くく》りつけられた説明タグには、大きな活字でそのように書いてある。

「長い旅なんて無理だろ。治療はどうするのさ」

実鈴はこれから先も、週に二、三回はK病院で人工透析を受けなければならないはずだ。退院したとしても事情は変わらない。この場所を長く離れることはできないのだ。

「治療はね、実はもう終わったの。一番大きな治療は」

「……どういう意味だよ、それ。いつやった？」

「あんたが気を失っているあいだに。——ごめん。まだこれを見せてなかったよね」

実鈴は持っていたハンドバッグを開けた。

そこから彼女が取り出したのはA４判の紙だった。標題の部分にある文字は「婚姻届受理証明書」と読めた。その下には、二名分の名前が印字してある。先日命を落とした医者と、そして姉の名前が。

その用紙をバッグにしまったあと、実鈴の手には書類に代わって小さな箱が載っていた。材質は紫檀《したん》だろうか、磨き込まれて艶《つや》を放っている。

箱のサイズは一辺が七、八センチほどだ。臙脂色をした絹の包装こそもう取り去られているが、大きさからして貞森からのプレゼントであることは間違いなかった。

実鈴の手が箱を開いた。

コッと耳に心地のよい軽い音がし、中身があらわになった。

最初に目に入ったのは白いクッションシートだった。

その中央に埋まっているものは指輪だ。爪は丸みを帯びた優しいデザインをしている。

石座に納まる赤い石は瑪瑙に違いなかった。

——院内を歩いているとき、あるものを目にしたんです。それが気に入ったので、真似をして買ってしまいました。

そう貞森は言っていた。「あるもの」とは、待合室の掲示板にあった一枚のポスターだったようだ。赤い瑪瑙を図柄に使った、新しい制度の開始を告げる一枚の——。

実鈴が指輪を左の薬指に嵌《は》めたとき、貞森が死に際の目撃者を欲した理由に思い至った。自殺の場合は親族への優先提供はできない。だから事故だと証言してくれる第三者が必要だったわけだ。

窓から差し込む午後の陽光を受け、柔らかい輝きを放つ瑪瑙のなかに、浅丘はもう一度、一人の医師の面影を思い描いた。

しばらくそうしてから、浅丘は、手にしていたマイルドセブンの箱を開いた。そこからまず十本近く残っていた煙草だけを取り出し、箱の方は手近にあった屑籠に捨てた。続いて、煙草をまとめて両手で持ち、ぎゅっと雑巾をしぼるようにして二つにへし折ってから、これも屑籠に放り込んだ。

わけありの街

1

×月×日

昼間、一本の電話があった。百目木弥江《もめぎやえ》からだった。

《今日、田舎から出てきました》

続いて彼女は、駅前にある安いホテルの名前を口にした。そこに投宿したとのことだった。

《明日、もしもお時間がありましたら、ちょっとお会いできませんか》

いまは別の事件を捜査中だから、弥江の申し出は、正直なところ迷惑だった。だが、無下《むげ》に断るわけにもいかない。

いったん受話器を置き、課長に相談したところ、面倒くさそうな声で「行ってやれよ」との返事。

いま弥江がいるホテルには、やけに狭いが一応ロビーと呼べるだけの場所がある。そこで待ち合わせをすることにした。

＊

書類仕事が溜《た》まっていて、帰宅がだいぶ遅くなった。今日はこれ以上日記を書く余裕なし。

もう日付が変わっている。午前二時過ぎに就寝。

×月×日

午前中、駅前のホテルへ向かった。しばらく会わないうちに、弥江はいっそう痩《や》せこけていた。

――すみません、盾夫《たてお》くんの事件については、これといった進展がないんです。

道中、何度か小声で練習してきた台詞《せりふ》を吐こうとしたが、口を開いたのは弥江の方が先だった。

「少しのあいだ、この街に留《とど》まろうかと思っています」

「住まいはどうするんですか」

わたしが訊《たず》ねると、「アパートを借ります」との答えが返ってきた。

もう〈ハイツ紅葉《もみじ》〉に決めてあるというので、不動産屋まで一緒についていってやることにした。

「すみません、お忙しいところ」

「お気になさらずに」

被害者支援は、警察がここ数年、重点的に取り組んでいる分野の一つだ。

「いまはどんな事件を捜査していらっしゃるんですか」

「チンピラが起こした傷害です。守秘義務ってやつがありますから、それ以上詳しくは言えませんが」そう答えたあと、慌てて付け加えた。「もちろん、盾夫くんの件も継続してやっています」

ハイツ紅葉を管理している不動産屋は、小さな有限会社だった。

応対に出てきたのは、まだ三十そこそこに見える若い男だったが、渡された名刺の肩書には取締役社長と印刷されていた。

弥江の希望がハイツ紅葉の三〇四号室であることを知ると、彼はカウンターの向こうでわずかに目を伏せた。

「空《あ》いていることは空いていますが、実を申しますと、あの部屋は……いわゆる〝わけあり〟物件というやつでして」

もちろんそれは知っていたが、彼の言葉をまずは黙って聞くことにした。

「三か月ぐらい前のことなんですけれど、三〇四号室に入居していた若いサラリーマンの方がですね、部屋の中で亡くなったんですよ。殺されたんです」

ここでわたしは、社長から弥江へ視線を移した。彼女の表情には、これといった変化はなかった。

「お客様の前にも、二人ほど、あの部屋を借りたいとおっしゃってきた方があったのですが、そのことをお教えした途端に辞退なさいました」

それでもいいんですか、と目で確認を求めてきた社長に、弥江は、かまいませんと返事をした。

「……そうですか」

彼女の口調から意志の固さを読み取ったのだろう、社長は手早く契約を取り交わす準備をし始めた。

「家賃は月額二万五千円になります。共益費は別になりますが」

「そんなに安いんですか」これはわたしが発した声だ。

「はあ。本当はこれなのですが――」社長は五本の指を広げてみせた。「さっきも申し上げましたように、この三〇四号室は、わけありなものですから」

「五万円でしたら、そのとおりお支払いします」

弥江の言葉に、若い社長は瞬《まばた》きを繰り返した。

事情を説明する代わりに、弥江は賃貸申込書に自分の名前を書いた。

社長は、ああ、と唸《うな》るような声を出したあと、バツが悪そうに後頭部のあたりに手をやった。

「もしかして、百目木盾夫さんのお母様でいらっしゃいましたか」

「ええ」

「そうとは存じ上げず、たいへん失礼いたしました。──あの、このたびは、まことにお気の毒です」

必要以上に何度も頭を下げる社長から、弥江は、自分が息子の部屋に入居したことは他言しない旨《むね》の約束をとりつけた。賃貸申込書に署名し印鑑を押したのは、そのあとだった。

鍵を受け取り、二人でハイツ紅葉へ向かった。

「上がりませんか」

そう弥江が言うので、そっと合掌してから靴を脱いだ。このアパートは下苅田署《しもかんだ》からそう遠くない場所にある。お呼びがかかればすぐに帰ることができる。わたしは一礼して靴を脱いだ。

玄関を上がってすぐの場所に、小さいキッチン、バス、トイレが固まっている。あとは八畳の和室が一つあるだけの部屋だ。

畳は全て入れ替えられていた。そのせいで、部屋全体に藺草《いぐさ》の匂いが強く籠《こ》もっていた。

もともとこの部屋に物品は多くなかった。ノートパソコンはあったが、テレビやオーディオのセットはなかった。大きな物といえば小簞笥《こだんす》と卓袱台《ちゃぶだい》くらいだ。衣類を除けば、あとは必要最小限の什器《じゅうき》だけだった。

室内は蒸し暑かった。わたしは東側に面した腰高窓のところまで行き、

「開けてもいいですか」

弥江に断ってから、石目ガラスの嵌《は》まった窓に手をかけた。

まずは細めに隙間を作り、外の様子を窺《うかが》った。がらりと大きく開けばいいものを、ついそうしてしまう。張り込みや行動確認といった仕事に身を投じていると、こせこせした癖がついてしまっていけない。

吹き込んだ夕方の凪に、汗ばむ肌を撫《な》でてもらいながら、目を凝《こ》らした。

幾重《いくえ》にも重なった電線の隙間から、五十メートルほど先にある古びた鉄の橋が見えている。盾夫が刺された現場となった跨線橋《こせんきょう》だ。

絶え間なく血の流れ続ける腹を押さえ、体を二つに折って歩く盾夫の姿を想像するたびに、臍《へそ》のあたりに鈍痛を覚える。

弥江は持参した大きなトートバッグから何やらかさ張るものを取り出した。丸みを帯びたデザインの、古いラジカセだった。

弥江がそのスイッチを入れた。スピーカーにガタがきているらしく、流れ始めたニュース番組のイントロ曲は、見事に音が割れていた。

「わたしはラジオを聴くのが好きなんです。刑事さんのご趣味は何ですか」

「日記を書くことですかね。文章を綴《つづ》っていると気持ちが落ち着くんです。その日にあった出来事を、できるかぎり細かく書きとめておきます。ただし、あまり重要ではない事柄なら、ほんの短い文章でちょこっとメモしておくだけですが」

「もしかして、それは職業病というものでしょうか。刑事さんにメモはつきものですから」

「でしょうね。自分にとってはすでに当たり前になっている事柄でも、頭の中を整理したいときは、延々文字にしたりもします。気がつくと大学ノートに五ページも六ページも書いていて、手首が痛くなるんで往生していますよ」

＊

午後八時ごろ帰宅。

少し痩せようと禁酒を始めたのがひと月ばかり前になる。よく一か月も続いたものだ。

風呂上がりに体重計に乗った。七十八・六キロ。

2

×月×日

午前七時過ぎに起床。尿の色が少し黄色い。疲れのせいか。

朝食は、昨日の晩に買っておいたコンビニのジャムパン。

＊

ここ数日間抱えていた傷害事件が、一段落を迎えた。そこで、今日の夜は、百目木盾夫が刺された跨線橋まで、久しぶりに足を運んでみた。

ハイツ紅葉から橋までの距離は、直線にすれば五十メートル程度だ。しかし、あたりは路地が入り組んでいるため、現場までの道のりは、その倍ほどになる。

錆《さび》がびっしり浮いた鉄と、所々に稲妻のような割れ目が入ったコンクリートでできた跨線橋。その長さは十メートル程度、幅は二メートルもないだろう。

歩行者と自転車しか通行できないことを意味する標識が両端に立っている。

通路部分は一応アスファルトで舗装されてはいるものの、長い年月を経たせいか凹凸が激しく、じゃがいもの表面に似ていた。

橋の中央部まで来ると、そこの欄干には、警察の出した看板が針金で括り付けられてあった。

【男性会社員殺害事件　情報提供をお願いします！

六月三日（金曜日）、午後九時三〇分頃、下苅田区上町《うわまち》の跨線橋で会社員の男性（二七）が刺され、死亡する事件が発生しました。

警察では事件の情報を求めています。

事件当日現場付近を通った、血の付いた衣服を着た人物を見た、ナイフや服が捨てられていた、不審な車両等を見た、など事件に関する情報をお持ちの方がいましたら、どんな些細《ささい》なことでも結構ですから、下荊田警察署まで情報をお寄せください。

電話番号・○×二―三七五―九二×五】

「跨線橋」の脇に油性ペンで書き足された「ココ」の文字が薄くなりかけている。

会社からの帰宅途中、盾夫はここで何者かによって背後から呼び止められたらしい。

そして振り向いた直後に、腹部を刃物で刺されたものと思われる。

犯人は、倒れた盾夫の背広から財布を奪って逃走したようだった。

＊

ここまで書いたところで、玄関のチャイムが鳴った。

宅配便。実家の親から野菜と果物いろいろ。「食べているか」とだけ書かれた手紙も。

たまには手紙でも書こうかと思ったが、照れくさいやら、面倒くさいやら。結局、電話で簡単に礼を言ってから日記に戻る。

＊

盾夫は背広の内ポケットに紐《ひも》を縫い付け、財布を結んで落とさないようにしていた。

その紐が切られ、財布がなくなっていたのだ。腹を刺したナイフを使って切断したらしく、紐には盾夫の血が付着していた。

盾夫は刺された現場ですぐに死んだわけではなかった。

まず、携帯電話を使っている。実家の弥江にかけたのだ。

ちょうどそのころ弥江は、農協婦人部が主催した技術先進地の視察旅行に参加し、東南アジアへ出かけていたため不在だった。彼女が警察から連絡を受けたのは、ベトナムにある米麺《フォー》の製造工場にいたときだ。急いで帰国したのは六月六日の夜だった。帰りの飛行機の中で、事件を報じた新聞記事を目にした彼女は、空港に到着してもしばらく座席から立ち上がることができなかったらしい。

呆然としたまま帰宅し、電話機に残されていた一件のメッセージを再生した。その内容については、彼女の証言によれば、

――無言のまま、ただ雑音だけが一分ほど録音されていました。

ということだった。

それをただの悪戯《いたずら》電話だと思い込んでしまった弥江は、まさか息子からの最期のメッセージだとは思いもよらず、録音データを消去してしまったという。

目撃者はいなかった。この近辺では午後九時を過ぎるとほとんど人通りがなくなってしまう。しかも盾夫は、苦悶のあまり声を出すことができなかったらしい。そのために付近の住民も事件に気がつかなかったようだ。

跨線橋からアパートまでの間には数軒の民家がある。そのうち現場から最も近い二軒の家へ、盾夫は、助けを求めて立ち寄ったらしい。そんなことも、血の跡から分かっている。だが、当時は両家とも留守だった。

細く開いたままのアパートのドアの隙間から、俯《うつぶ》せに倒れている盾夫を見つけたのは、六月四日の早朝、新聞を配達しに来た少年だった。

気になる点が一つ浮上したのは、検視に際してのことだ。

盾夫の体重である。

盾夫は事件の前日、健康診断を受けていた。そのときの体重は六十七キロ。だが彼の遺体を解剖する直前に測ったときは六十五キロを割っていた。流れ出た血液の量を考慮しても二キロばかり減っていた計算になる。

聞き込みをした結果では、食事を抜いていたとの証言は得られなかった。激しい運動をしていた様子もなかった。

ならば、彼はどうやって一日で二キロも減量できたのか……。

＊

手首が痛くなってきたので、このあたりで筆を擱《お》く。

日付が変わって、午前〇時半ごろ就寝。なぜか今日は酒が恋しい。

3

×月×日

午前中、裁判所に出かけ、公判を傍聴した。被告人は二件の強盗罪で裁かれている森《もり》松拓《まつひらく》だった。今年の六月五日に逮捕された男だ。

右の頰に目立つ大きな痣《あざ》を持った三十歳の巨漢は、被告人席で始終、気だるそうに首筋を掻《か》いていた。

二件のうち、最初の事件が起きたころ、わたしは人事交流で本部の警務課に派遣されていたので、捜査に加わることができなかった。

下苅田署に戻ってきてすぐに、後の方の事件が起き、担当を命じられた。捜査に際しては、足も頭もよく使った。おかげでその頃はいまより体重がだいぶ軽かった。

森松逮捕の前日、盾夫殺しが発生し、そちらの担当へ回されていなかったら、森松に手錠をかける大役は、わたしに任されていたかもしれない。

検察が求刑したのは懲役十年だった。

傍聴席には、身じろぎもせずに息を詰め、森松の後ろ姿に視線を送る人たちがいた。一件目と二件目、両方の被害者家族だった。固まって座っていた彼らは、わたしと目が合うと会釈をしてきた。

すると以前病院で会った、被害者本人たちの姿が思い出された。

包帯と酸素マスク。その向こう側から覗《のぞ》いた赤い目……。彼らと正面から対峙《たいじ》することは難しかった。あのときはまだ森松を逮捕する前だったから、気後《きおく》れしてならなかったのだ。

＊

昼食は〈のむら屋〉で海の幸ラーメン、六百五十円。カロリーはどのぐらいだろうか。

＊

午後になってから、弥江が下苅田署にやって来た。

被害者遺族には「何かあったらいつでも気軽に顔を出してください」と言ってある。これを社交辞令の一種と受け取る人の方が多いのだが、彼女はそうではないらしい。

「今日のお仕事は？」と弥江は訊《き》いてきた。

――息子さんの事件を洗い直しています。

当然、そうした答えを期待しての質問だったと思う。盾夫殺しの捜査本部は、もちろんまだ設けられたままになっているが、部内の活気は、開設当初に比べたら明らかに失《う》せている。

「裁判所へ行ってきました。自分が捜査を担当した事件の公判なら、かならず一度は傍聴することにしています」

正直に答えた。想定済みの返事だったということか、弥江は別段、落胆したふうでもなかった。続いて「どんな事件です」と訊いてきたのは、被害者遺族として刑事事件には全般的な興味を抱いているせいだろう。

森松が根城にしていたのは、下莇田駅の近くにある〈デラックス〉という名前のゲームセンターだった。そこには、ラフな格好をした若者に交じって、金を持っていそうなサラリーマンも、たまにぶらりとやってくる。

森松は、そうした客の後をつけ、背後から金槌《かなづち》で頭を殴り昏倒《こんとう》させるという荒っぽい手口で、金品を奪う事件を二度繰り返した。

そう早口で説明してやると、弥江は表情を硬くした。

「……その被告人、量刑はどれぐらいになりそうですか」

「求刑は十年でした。判決はまだ出ていません」

「ご不満そうですね」

頷いた。

「なぜですか」

弥江の問いかけに、わたしは手帳を取り出した。

白紙のページに横線を一本引く。そうしてから、線の上に二つの点を描き入れ、それぞれにA、Bと名前をつけた。

「今日の被告人は、A罪とB罪、二つの罪を犯していました」

わたしはA点とB点の中間地点を指差した。

「もしAだけの罪状で逮捕され、その裁判が確定したあとでB罪が発覚した、という形になれば、わたしの捜査した事件にも独立して刑が科せられたのですが」

「それはしかたがありませんね。刑の併合という制度がありますから」

そう弥江が口にしたので、わたしはつい彼女の顔を覗き込むようにしてしまった。

聞けば、弥江がよく聴くラジオ番組の一つに、弁護士がリスナーから電話で困りごとの相談を受け付ける、というスタイルのものがあるらしい。それを長年聴いているうち、いつの間にか、法律の知識がある程度身についていたという。

特に今回は、自身が事件の関係者になってしまったという事情もあって、改めて勉強したのかもしれない。いずれにしろ犯罪被害者や遺族は、嫌でも刑法や刑訴法に関心を持たざるをえず、自然とそれらに詳しくなるものだ。

彼女が言ったとおり、日本の刑法では、確定裁判を経ていない二個以上の罪は「併合罪」とされ、まとめて審理にかけられる決まりになっている。

「懲役十年」というのは、二件合わせての求刑だった。一件ごとに、それぞれどれぐらいの刑を求めるか、という点については、今日、検察官の口から語られることはなかった。この点が、わたしには少し不満だったのだ。悪く言えば十把《じっぱ》一絡《ひとから》げという感じであり、自分のした仕事の価値がどこかに埋もれてしまったようにも思えたからだ。

それでも、最初の一件が殺人のような重罪でないだけましだった。それがもし死刑か無期の判決が出るような罪だったなら、二件目の懲役刑はそちらに吸収されてしまうから、なおさら自分のやった仕事の価値が分からなくなっていたかもしれない。強盗致傷も最高は無期懲役なのだが、よっぽど犯情が悪くないかぎり有期止まりというのが普通だ。

そんな説明を加えてやると、弥江は、

「分かります」

短いが実感のこもった一言を発し、ゆっくりと深く頷いた。

「ところで百目木さん、今日は何か特別な用事でもおありでしょうか」

「はい」

弥江は持参したバッグを開いた。そこから取り出したのは、例の丸いラジカセだった。

彼女の指が、再生ボタンのスイッチを押すと、中でテープが回り始めた。

《殺人事件の捜査は最初の二か月が勝負です。いや、大都市の場合なら一か月と言ってもいい。それが過ぎてしまうと、迷宮入りの可能性が圧倒的に高くなるんです。捜査員たちの間に、徐々にあきらめムードが蔓延《まんえん》してくるんですね。たとえ捜査本部の看板が掲げられていたとしても、言葉は悪いですが、開店休業のような状態になってしまいます。事実、投入される捜査員の数もどんどん減っていき、結局はお宮入りというパターンが多いんですね》

流れた音声は、ある情報番組を録音したものだった。番組に出演したコメンテーターは元警察官僚らしかった。

《たとえば那美野《なみの》市下苅田区で起きた、若い男性の刺殺事件というのがあります。このケースは金品目的の無差別殺人である可能性が強いですね。典型的な都市型犯罪と言えると思います。ある意味、テロに匹敵する恐ろしさを含んでいます》

わたしはネクタイの結び目に手をかけた。聞いているうちに息苦しくなってきたせいだ。

《こういうタイプの事件では、犯人は容易には捕まりません》

ここで弥江はストップボタンを押した。

「昨日の夕方に放送された番組です。これを聴いていたら、いてもたってもいられなくなりまして。あれから、何か手がかりが出てきましたか」

「申し訳ないのですが、何もありません」

弥江はハンカチを口元に当てた。

「お気持ちはお察しします。こちらとしても鋭意捜査中です。必ず犯人を挙げてみせますから、もう少し辛抱してください」

「目撃者がね、一人もおらんのですよ」

痰《たん》が絡んだような濁った声で割り込んできたのは課長だった。捜査本部のあきらめムードを、もっともよく体現しているのが、この人物だ。初動捜査のときに彼が見せていた、射るような眼光はもうすっかり影を潜《ひそ》めている。

いや、他人のことは言えない。わたしの両目も、弥江には汚れのついた磨《す》りガラスのように見えていることだろう。

「だから情報が少なすぎましてね。盾夫さんが跨線橋に行く前の段階あたりで、誰かがちらりとでも彼の姿を見ていれば、だいぶ状況も変わってくるんですがねえ……」

そう。刺される前に盾夫がどこにいたのか？　いくら聞き込みをしても、その点がまるで浮かんでこなかった。被害者側の足取りすら摑めないのでは、捜査の進展など望むべくもない。

ハンカチを嚙《か》むようにしてひとしきり俯《うつむ》いていたあと、弥江はゆっくりと顔を上げた。その視線は、刑事部屋の壁に向けられていた。

「あれは、効果がありますか」

弥江が指し示したものは、壁に張られた一枚のポスターだった。逃亡中の指名手配犯の顔が大きく印刷されている。

「まあ、ないことはないですね」課長が応じた。「ただ、あのポスターの場合は写真が古いんですよ。せっかく通報をもらっても人違いという場合が多い。人の顔はどんどん変わりますから」

「いいえ。わたしが言っているのは、写真のことではありません」

弥江はソファから立ち上がると、壁に歩み寄った。そして、ポスターの下部に大きく書かれた一つの文字列に指先を向けた。

【捜査特別報奨金。上限額三百万円】

「つまり、お金というものが捜査に効果的でしょうか、ということです」

「まあ、懸賞金をかけたあと、犯人が捕まるケースはたしかに多いのですが、それはホシが誰なのかが分かっていて、指名手配をかけた場合ですよ」

現段階では犯人の特徴すら分かっていない。こんなときに、ただ捜査情報を求めてやみくもに懸賞金をかけても、かえって混乱するばかりだろう。しかも世の中がこう不景気では、金目当てのガセネタが増えることは目に見えている。そうなると捜査がかえってやりにくくなってしまう。

「そもそも百目木さん。失礼ですが、先立つものはお持ちで？」

上目遣いになった課長の言葉に、弥江はわずかに眉根を寄せた。

「捜査特別報奨金は、殺人事件だからってどんなケースにも出るわけじゃありませんのでね。原則として、発生から半年経った事件で、しかも警察庁が指定したものじゃないと駄目なんですわ」

「そうですか。やっぱり、お金で情報を集めようと思ったら、自分で出さないといけないんですね」

「はっきり申しまして、そういうことです」

「では、もしわたしがビラ配りをしたいと言ったら、許していただけますか」

弥江はバッグにラジカセをしまうと、入れ違いに一枚の紙切れを出した。裏が白紙になっているスーパーのチラシだった。

【情報提供を求めます】

そんな文字がチラシの裏に、手書きではなく、ワープロかパソコンで印字されていた。盾夫殺しの発生日時や現場見取り図などもレイアウトしてあり、その下に大きく一行の数字が書いてある。弥江が使っている携帯電話の番号らしい。

今度は課長が眉を顰《ひそ》める番だった。

「そういうことは、ちょっと待ってもらえませんかね。事件に関する情報はみな、この下苅田署に集約することにしているんです。窓口は一本化しておかないと混乱の元になりますよ」

「でも、警察とは関わり合いになりたくないけれど個人になら話してもいい、という人だっていると思うんです」

たしかにそれはあるかもしれない。

課長も腕を組み、

「変な人が接触してきても知りませんよ。身の安全は保証できません」

そう忠告するのがやっとの様子だった。

（このあと、弥江と課長とのあいだでもう少しやりとりがあったらしいのだが、あいにくとわたしには警務課から別件で急な呼び出しが入ったので、その後の展開は目にしていない）

＊

宿直当番なので署に泊まり込み。とりたてて何もなし。

ただ、交通課の警部補が「早く嫁をもらえ」としつこく言ってくるせいで、ろくに仮眠もできず閉口。

結婚。考えたくもない。これまで多くの被害者家族、遺族を目にしてきた身には、伴侶を持つ勇気などなし。

4

×月×日

午前中、盾夫殺しの継続捜査。自分が担当した書類をざっと読み返してみる。盾夫に少しでも関係があった者については、当然のことながら、徹底的にアリバイを調べている。その結果、全員がシロであることがはっきりしていた。役立たずの書類をしまい、代わって事件を報じた新聞記事を引っ張り出してみた。

六月六日の紙面には、

【刺殺された男性の身元判明】

そんな見出しとともに盾夫事件の続報が掲載されている。その上には、五日に逮捕された森松の顔写真も載っていた。

やはり気になるのが、一日で二キロ減量の件だ。まだ納得のいく説明が見つからない。この点については、もちろん弥江にも訊ねているが、見当がつかないとのこと。

不謹慎を承知で言うなら、盾夫がうらやましい。こっちは一か月酒を断ったが、一キロたりとも痩せやしない……。

＊

昼は地下の食堂でB定食、四百二十円。

食後、南側のコンビニまで散歩。ついでに買い物。セブンスター一箱、四百四十円。シェービングフォーム一缶、これは値段を忘れた。

この時間、いつもレジに立つ女性の店員。小学生の息子がいるという彼女に、ちょっと訊いてみた。「子供が痩せたり太ったりしたら気になるか」

「もちろんです」との返事。

「体重に変化があった場合、その原因には見当がつくか」との問いには、こう答えて胸を張った。

「すぐにつきます。ピンと来るんです。母親って誰でもそういうものですよ」

＊

午前中、百目木盾夫の写真を何枚も目にしたせいか、弥江のことが頭から離れなくなった。親子だから当然なのだが、よく似ている。

そういえば、弥江も日記を書いているのだという。紙のノートではなく、パソコンを使って、だ。PCの扱いは最近になって覚えたらしい。

一度目にしたことがある。弥江は今年六十五歳になるはずだ。指の運びは我流で、ローマ字ではなく日本語のかな入力をしているが、そのわりにはキーを打つ速度はけっこう速かった。

年配の彼女がキーボードとの格闘を厭《いと》わなかった理由。それは盾夫事件の情報を求めるためだった。自分でウェブサイトを作り、それを更新できるようになりたかったのだ。

【息子の部屋／百目木盾夫の日記】

彼女が作ったサイトはたった一ページのシンプルなものだったが、何の飾りもないからこそ、訴えてくる力は強かった。

息子の部屋――そのタイトルどおり、サイトのトップページには、盾夫が使っていた部屋の様子が写真つきで紹介されていた。

その画像に目を近づけてみれば、本棚には将棋についての書籍が多く並んでいたことが分かった。盾夫の趣味だ。相当熱中していたと聞いている。この街に出てくる前は、毎週金曜日になると将棋センターへ出かけ、誰かと対局するのが長年の習慣だったという。かなり真剣に取り組んでいて、アマチュアの段位も持っていたらしい。

この下苅田区には、そういった道場のような場所はない。だから代わりに、パソコンを使い、インターネットで見知らぬ相手と対局していたようだ。だが、殺された週の初めに、そのパソコンは故障してしまったらしく、修理に出されていたことが判明している。

＊

帰宅後、プロ野球ニュースの途中で居眠り。

5

×月×日

午前六時半ごろ起床。目覚まし時計のアラームを聞かずに済んだのは久しぶり。尿の色が濃さを増している。早めに健康診断を受けるべきか。おかげで食欲なし。野菜ジュース二パックを空《から》にしてから出勤。

＊

午後からは警察学校に行き、捜査活動事例研究会に出席。戻ってくると地域課から連絡あり。「百目木弥江が、駅で手作りのビラを配っている」とのこと。明日も同じ場所で配布するらしい。様子を見に行ってみるか。

＊

晩飯は冷麦で軽めに。禁酒は二か月目に突入した。もう少し我慢できそう。

×月×日

午後から駅へ行ってみた。

ビラを配る弥江に近づき、軽く目で挨拶をしたとき、彼女の携帯電話が鳴った。盾夫からだ――咄嗟《とっさ》に、そう思ってしまったのかもしれない。弥江はかなり慌てた様子で、だがどこか愛《いと》おしそうな仕草で折り畳み式の携帯を開いた。

「はい、百目木です」

こっちも彼女の携帯に耳を寄せた。

相手は無言だった。端末の向こう側でじっと息を潜め、こちらの様子を窺っているようだ。変質者だろうかとも疑った。

「どちらさまですか？」

弥江が声に険を含ませると、

《あの……》

ようやく相手が口を開いた。やや上擦った細い声だった。

弥江がいっそう強く耳に携帯のスピーカーを押し当てたのは、だが、口調の弱さのせいというより、声の年齢が二十代後半――ちょうど盾夫ぐらいに感じられたせいかもしれない。

《百目木盾夫さんの、お母さんですか》

台詞を棒読みするような、抑揚のない口調だった。

「そうですけど」

《息子さんを刺したのは、ぼくです》

弥江の横顔を見た。どう反応していいのか見当もつかなかった。こう受け答えをすればいい、というような指示を何か出そうとしたものの、喉の奥から出てくるのは声にならない呻《うめ》きのようなものだけだった。

「本当ですか」と弥江。

《本当です》

「でしたら、一つ質問させてもらいます。犯行のときの状況を喋《しゃべ》ってみてください」

——あの日、ぼくは彼の後をつけ、そこの跨線橋で背後から呼び止めました。そして、盾夫さんが振り向いたところを、隠し持っていたナイフで刺しました。ぼくは倒れた彼の背広を探りました。財布を盗むためです。彼の財布は、背広の内ポケットと紐でつながっていたので、刺したナイフでそれを切って盗み、その場から逃げました。

もしもここで、電話の人物が、そんなふうに答えることができたら、本当の犯人だと信じてもいい。盾夫が、財布を落とさないように紐をつけて背広と結び付けていたこと。その点は世間に公表されてはいない。知っているのは、弥江と警察、そして一部のマスコミ関係者を除けば犯人だけだ。

だが相手は、受話器の向こう側で押し黙ってしまった。

「では、もっと簡単な質問をします。あなたが盾夫の懐から盗んだ金額はいくらですか」

返事がないまま電話は切れた。

＊

その後、立て続けに三件、同じような電話あり。いずれも「犯人は自分だ」と名乗るものの、質問には答えられずじまい。

＊

署に戻り、午後九時すぎまで書類仕事。

帰宅する前に書店に寄った。『一日二食健康法』（九百八十円）購入。この本に感化されたのと、面倒くさいのとで、夕食はとらず。禁酒はまだ継続中。

食事を減らすことなく、体重を急に落とすには、どうすればいいか。確かなのは、体のエネルギーを猛烈に消費するしかない、ということだけだ。何十何百個もの電球が接続された一本の電池。そんなイメージが頭に浮かんだ。盾夫は、どこでどうやってこの電池になったのか。そこが分かれば、事件直前の足取りも摑めると思うのだが……。

日付が変わる少し前に就寝。

6

×月×日

起きて窓を開けたら、視界五メートルもないほどの深い霧。秋は俊足——という言い方はなんとなく変だが、別に間違ってはいないだろう。夏も終わりだなと思ったのはついこの前なのに、気がつくともう冬の気配。

＊

午後一番に、一階の受付から連絡があった。「刑事に会いたい」と言っている人物が来ているらしい。

現れたのは五十がらみの男だった。垢《あか》じみたワイシャツに擦《す》り切れたカーゴパンツ。ひとことで言えば風采の上がらない格好をしていた。しかも異臭を放っている。

「犯人はおれですよ」

それが、開口一番、男が口にした言葉だった。

「事件の詳細を喋ってみろ」

まず先に、風呂に入れと言ってやりたかったが、こっちも忙しい。余計な前置きはなしにそう切り込むと、男はソファにふんぞりかえり足を組んだ。

「あの日おれは、盾夫さんだっけ、あの人の後をつけ、そこの跨線橋で背後から呼び止めた。ちょうど、今のおれと刑事さん、あんたぐらいの距離からだよ。そしてあの人が振り向いたところを、持っていたナイフで刺してから背広を探った。財布を盗むためにね。あの人の財布は内ポケットと紐でつながっていたんで、刺したナイフでそれを切って盗み、すぐにその場から逃げたのさ」

一通り説明を終えると、男はどうだといわんばかりに顎《あご》を上げた。

「どこで覚えたんだよ。いまのシナリオ」

たぶんネットで見つけた情報だろうが、だとしたら捜査上の機密をそこへ垂れ流したのは誰だ。警察内部の人間か、マスコミの連中か……。

「おれが見たとおり、したとおりのことだよ。誰にも教わっちゃいねえって」

男は両腕をそろえてこちらに差し出してきた。

「じゃあ逮捕してくれ。何年でも刑務所にぶちこんでくれていい。ただし死刑だけはごめんだ。それから、約束どおり二百万円はもらうからな」

「二百万円？　何のことだ」

「いまさらとぼけるなよ。もらえるんだろ？　金」

わけの分からないことを言っていないで、犯行の様子をもう一度最初から話してみろ。そう詰め寄ったところ、男は、いますぐ一万円札を二百枚もらわなければ話さない、とごね始めた。

「だからその金の話はどこから出てきたんだ」

男の両足の間に、こちらの膝《ひざ》を入れて詰め寄ると、案の定、男は、ネットで見たことを白状した。

「あれって、あんたら警察が作ったページじゃないのか？」

そんな話は初耳だった。

＊

男を追い払ったあと、弥江を署に呼び出した。彼女は夕方になって姿を見せた。

「百目木さん、これはどういうことでしょうか」

【息子の部屋／百目木盾夫の日記】を表示させたパソコンの画面を、弥江に見せた。

トップページに掲載された、盾夫の部屋。その下に大きな文字で、

【百目木盾夫の母親です。犯人の方に申し上げます。私に連絡をください。私と会ってください。場所・日時は警察に教えません。犯人がどなたなのか知りたいだけです。そして息子の最期の様子を話してほしいだけです。会ってくだされば、現金で二百万円差し上げます。】

とあった。

「何を勘違いしたのか、これを見てここへ自首してきた輩《やから》がいました。いつの間に、こんな文面を載せたんですか」

「三日前です」

二百万円。そんな金を持っていたのか——胸中が顔に出てしまったようだ。弥江はかすかに頷いてから口を開いた。

「先に逝《い》った夫が遺してくれた財産と、一人で作ってきた小さな田畑が生み出したお金です。わたしの通帳にちゃんと入っています」

「お言葉ですが、こういう危ない真似は――」

「やめた方がいい」

わたしの言葉を引き継ぐ形で割り込んできたのは、またしても課長だった。

「どうしても犯人を突き止めたい、事件の真相を知りたい、という気持ちは分からんでもないですがね。いたずらに世間を刺激するのは逆効果ですよ。さっきみたいなニセ者がどんどん出てきて、捜査が混乱するだけだ」

語尾の部分を吐き捨てるような口調で彼が言うと、

――そう。正気の沙汰じゃないですよ。

――自分の財産をどう使おうがあなたの勝手ですけど、しかしこれ、捜査妨害にならんかなあ。

――犯人に金を渡したりしたら事件が増えますって。ただでさえ忙しいのに。

周りにいた刑事たちも口々に反対し、弥江は、サイトをいったん閉鎖することを了承させられた。

俯いたまま一言も発しなくなった弥江。その姿は気の毒だったが、普通に考えれば、やはり素人が危険な真似をするべきではないだろう。

今日、森松に対する判決の言い渡しがあったようだ。夕刊に小さく載っていた。検察の求刑どおり懲役十年。控訴はしない見通し。

＊

夕飯は署への出前で。〈三郎飯店〉の中華丼、六百三十円。

いつもより早めに帰宅し、気が向いたので、何日かぶりに体重を測ってみた。すると表示された数字は七十七・二キロ。予想より一キロ以上マイナス！

中華丼を食べたばかりでこの数字だから、いつの間にか減量に成功していた、と言っていいのだろう。

ところで、なぜだ。いまになって禁酒の効果がいきなり出た、とは考えにくい。そうではなく、自分も盾夫と同じように、大量のエネルギーを使ったせいだと思う。

だが、そんなに運動をしただろうか。手足を動かす度合いは、以前と比べて、ここ数日もさほど変わっていないはずなのだが。

手足でなければ、他に体のどの部分がエネルギーを使ってくれたのだろう？

7

×月×日

午前七時少し前に起床。雨の音に起こされた。

＊

正午ごろ、弥江から電話あり。明日の夕方、田舎に帰るそうだ。

＊

日没前、時間を作ってハイツ紅葉へ出向いた。荷造りを手伝ってやるつもりだったが、彼女はあらかた一人で済ませていた。

もう一度現場を見ておきたい、という弥江と一緒に跨線橋まで歩いた。

西日を浴びて薄い茜色《あかねいろ》に染まった看板の前で立ち止まると、彼女は、一字一句残さず文字を音読した。もはや暗記している下苅田署の電話番号までも、小さく声に出して読んだ。

この数日間というもの、毎日ほぼ同じ時刻に同じことをしてきたそうだ。

8

×月×日
寝汗で起きた。フェーン？　エルニーニョ？　ラニーニャ？　何現象のせいか分からないが、昨日から急に気温が高くなっている。

＊

午後から年休を取り、弥江の見送りに下苅田駅まででかけた。

彼女はトートバッグ一つの身軽な格好をしていた。ほとんどの荷物はもう段ボール箱に詰め、宅配便で自宅に送り返しているという。

四つある改札のうち、自動化されているのは二つだけだ。あとの二つではブースに入った駅員が手で切符を切っている。

そちらを選んで改札を通った弥江の後から、わたしも切符――といっても入場券だが――を駅員に手渡し、鋏《はさみ》を入れてもらった。

ちょうど帰宅ラッシュの時間だった。業種によってはこれから仕事が始まるという者もいるため、通勤ラッシュでもあった。行き交う人の動きは決して途絶えることがない。

ホームに通じる階段を下りると、向こう側から上着を肩にひっかけた白いワイシャツの一団が、革靴を鳴らしながら上ってきた。会社帰りのサラリーマンで駅が埋め尽くされる時間帯だった。盾夫も少し前までこの集団の中にいたはずだ。

人の波に流されるようにして通路を進んだ。喫煙所の脇に、跨線橋に設置されたものと同じ警察の看板があったが、これだけの人間が周囲にひしめき合っているにもかかわらず、目を留める者は一人としていなかった。

ホームにたどり着くまでに一汗かいていた。

弥江はまず、ここ下苅田駅で普通列車に乗る。その電車で二つ先の五本松《ごほんまつ》という大きな駅まで行き、そこで特急列車に乗り換える――といった予定になっていた。

「五本松駅って、どのあたりか、ご存じですね」

必要ないとは思いますが一応お教えしておきます。そう前置きし、わたしは手帳を取り出した。一本の線を描き、その線を三つの点で区切る。それぞれの点にはA、B、Cとアルファベットを書き入れた。

「Aがこの駅です。Cが五本松駅です。ですから次の次ですね」

午後六時四十分。定刻どおり、弥江の乗る予定の普通列車がホームに入ってきた。彼女は乗り込んだあと、入り口付近に立ち、こちらへ振り返った。

「本当にお世話になりました。なんだか、お仕事の邪魔ばかりしてしまったようで、申し訳ありません。それではこれで失礼しま――」

辞儀をしようとして弥江が言葉を切ったのは、彼女の傍《かたわ》らに、わたしが体を滑り込ませたからだった。

「気が変わりました。ご一緒させてください。もう少しだけ」

こちらの真意をはかりかね、弥江が瞬きを繰り返しているうち、列車は下荊田駅を出発した。

「盾夫さんは、かなりお好きだったんですよね」

「何をです？」

言葉で説明する代わりに、人差し指と中指で駒をつかむ仕草をしてみせた。

「ええ。アマチュアのですけど、段位を持っていたぐらいですから」

「地元では、将棋センターのようなところへ対局に行っていたとお聞きしていますが」

「はい」

「じゃあ、こっちでは、だいぶ寂しい思いをしていたんじゃないんでしょうか」

この近辺には、道場や倶楽部といった対局者を探せる場所はない。その点については弥江も承知している。

「いいえ、そんなことはなかったと思います。パソコンを持っていましたので。オンライン対戦っていうんですか、そういうことをやっていたようですから」

「でも彼のパソコンは、事件の数日前に壊れています」

「……そうでしたね」

「では、パソコンを修理に出していたとき、どこで対局していたんでしょうか」

「誰とも指していなかったのでは？」

「いや、していましたよ。ほぼ間違いなく」

「どうしてそうはっきり言えるんです？」

「体重です」

ここで窓の外に目をやった。西の空に僅《わず》かな光明を残していた太陽も完全に没している。代わって、遠くのビルの屋上に建てられた広告塔のネオンがあちらこちらで騒々しく輝き始めていた。

「人間のここは――」自分の頭を指差してみせた。「とてもエネルギーを消費します。わたしの脳味噌ですらそうです。盾夫さんはなぜ急に二キロ痩せたのか、その理由を毎日考え続けていたら、少し体重が減っていました」

言いながら、ガラス窓の反射を介し弥江と目を合わせた。

「考えるといえば将棋もそうです。プロの棋士なんかは、一つの対局が終わると体重が減るそうですね。大きなタイトル戦ともなれば、三、四キロは落ちると聞いたことがあります。どんなことでも真剣に取り組んでいた盾夫さんのことだ、プロと同じような変化が体に起きたとしてもおかしくはない」

「でも、道場もない、パソコンもないでは、対局はできないでしょう」

弥江が言ったとき、電車が大きく揺れた。吊り革を摑んだ彼女の腕は、力を入れ過ぎたせいだろうか、小刻みに震えていた。

「いいえ。できる場所があります」

「どこですか」

「あそこです」

窓の外に見える、ゲームセンター〈デラックス〉の看板に目をやった。ガラス窓の中で、弥江もこちらの視線を追ったのが分かった。

そう。あのゲームセンターだ。そこに、盾夫と森松との接点が生まれる。

「事件があったのは金曜日でした。あの日、息子さんは、会社帰りにデラックスへ寄ったのだと思います。彼は、きちっとした性格だった。当然、身なりもよかった。そこで森松に目をつけられた。森松は、対局を終えた盾夫さんのあとをつけ、跨線橋で襲った」

いい大人がゲーセン通い。できれば人に知られたくはないことだろう。

万が一、同じ会社の人や仕事で関係のある人に見つかったらまずい。伊達《だて》眼鏡、帽子、マスク。そういったもので、おそらく人相を隠していた。だからいくら聞き込みをしても盾夫の足取りがまるで摑めなかった。

「そして弥江さん、あなたは知っていたんじゃないんですか。盾夫さんがゲームセンターで対局していたことを」

「どうしてそうなるんです」弥江は口元を歪《ゆが》めた。「そんな重要な情報を知っていたら、もうとっくに警察に言っていますよ」

「言わない理由が一つだけあります」

瀕死《ひんし》の盾夫が、こと切れる間際にかけた電話。あれで息子は、母に犯人の人相を伝えたのではないか。

頬の痣――留守番電話に録音されていた大きな特徴を、もしすぐに弥江が聞いていたら、そのまま警察に伝えていたはずだ。だが、彼女がそのメッセージを耳にしたのが、逮捕された森松の顔を新聞やテレビで見た後だったとしたら、どうだろう。

ベトナムから帰国するために乗った旅客機の中。そこで弥江が見た六月六日の新聞には、三日の夜に起きた盾夫事件の第二報が掲載されていた。同じ紙面には森松の顔写真もあった。

わたしはもう一度手帳を開き、先ほど線を描いたページを弥江の前に掲げた。

「そういえば、前にもこんな場面がありましたね」

手帳を広げ線と点を描き入れる、という場面が。

わたしはA点の上に「強盗致傷1」、B点の上に「強盗致傷2」、そしてC点の上には

「強盗殺人」と書き入れた。

「一人の人間がこの三つの罪を犯したとします。この場合、どこで罪が発覚し、どこで裁判が行なわれるかによって求刑や量刑に違いが出てきます。それは以前、お話ししたとおりです」

わたしはB点とC点の中間を指で押さえた。

「二つの強盗致傷が発覚し、強盗殺人は未発覚のまま裁判が行なわれた場合は、まず強盗致傷について刑が科される。その後、強盗殺人が明るみに出れば、それに対して別に刑が科されることになる。こういうケースに対して――」

指を離し、それをC点の後ろに持っていった。

「三つの罪が全部発覚してから裁判を迎えた場合は、三つの刑をまとめて一度だけ求刑され、量刑が言い渡されます」

ガラスの中で弥江が目を伏せた。それまで指に引っ掛けるようにして持っていたトートバッグの持ち手を、きつく握り締めたのが視界の隅に見えた。

「後者のケースでは、起訴内容に強盗殺人罪が含まれていますから、検察官が求めてくる判決は無期か死刑に限られます。裁判官の言い渡しもそのどちらかだ。つまり求刑と量刑に関しては、最初の二つの罪はなかったも同然になってしまう」

このとき一瞬、脳裏《のうり》に見えたものが二つあった。

一つは傍聴席の様子だ。森松の背中に視線を当て続けていた被害者家族の姿……。もう一つは病院のベッドだった。包帯。酸素マスク。赤い目……。

「もしかして、あなたはそれを避けたかったのではないですか」

森松の犯罪で苦しみを受けた者は、自分以外にもいる。彼らの分についても、犯人は刑を科されなければならない。それが弥江の願いだったのではないか。

そのためには、強盗致傷の裁判が結審する前に、森松が犯人であると発覚してはならなかった。そこで弥江は、犯人が誰なのかを悟っていながら、知らないふりを続けた。馬鹿な担当刑事の前で……。

ただし、自分が黙っていても、そのうち警察が真相に到達するかもしれない。そこで敢えて犯人を捜し続ける芝居を打ち、心理的に、そして一時的に森松を容疑圏外に逃がそうとした——。

電車が減速し始めた。

「森松に対する判決はもう出ました。刑は科された。ならば、あなたは明日にでも警察に密告するつもりでしょう。奴が息子さんを殺《あや》めた犯人でもあることを」

電車が停まった。車内アナウンスが、下苅田と五本松の中間にある小さな駅の名前を告げ、ドアが開いた。

こちらがホームに降りると、弥江がゆっくりと顔を上げた。

「ただし百目木さん、いま話したことをわたしが検事に伝えれば、事情は変わってくるかもしれません。場合によっては三つの犯罪を併合した形で起訴し直しということもあるかもしれない」

早口で、そう鎌《カマ》をかけてみた。一事不再理の原則があるから、起訴し直しなどという事態はありえないだろう。

弥江に動じる気配は一切なかった。それどころか、ふっと頬を緩《ゆる》めてさえみせた。

——あなたがわたしだったら、どうしていましたか。

ドアが閉まる直前、そんな彼女の声を聞いたように思った。

＊

午後七時半ごろ帰宅して、酒。

黄色い風船

1

わたしは散歩用のリードを持ってリンの小屋に向かった。

五歳になる雌のラブラドールレトリバーは、もう自分の家から外へ出ていた。きゅんきゅんと切ない声で鳴きながら、興奮気味な足取りで庭土の上を歩き回っている。

リンのそばにしゃがみ込んだ。首輪からチェーンを外し、代わりにリードを取り付けたところ、心臓の拍動が急に激しくなり始めたのを感じた。いつもそうだ。

犬の首輪にリードをつける。この動作が、死刑囚の首にロープをかける行為を連想させるからだ。

朝、こうして散歩の準備をするたびに、わたしは寿命を何日か縮めてしまっているのではないか。そんなことを考えながら動悸が鎮《しず》まるのを待っていると、一つの顔が脳裏《のうり》に浮かんだ。

――与田耕一《よだこういち》。

わたし自身の刑務官としての経験から言うと、死刑判決が確定したあと執行までの期間は、平均して五年だ。彼の場合、もうすぐその五年も過ぎ去ろうとしている。絞首台にぶら下がったロープの輪。それに与田の首を通すのは、もしかしたら、わたしの仕事になるかもしれない……。

リンに引き摺《ず》られるようにして門を出た。

長く散歩を続けていると、顔見知りが増える。出発してから二十分の時点で、四人の知り合いと行き合った。その都度わたしは立ち止まり、束の間、彼らと世間話に興じた。一つ言葉を交わすたびに、早く先に進もうとするリンに引っ張られ、わたしと相手の距離は数センチずつ遠くなっていく。

いつもの散歩コースを一周し、もうすぐ自宅へ帰り着くという地点で、前から歩いてくる細長い人影があった。

伊藤《いとう》だ。ときどきすれ違うため、挨拶をするうちに苗字ぐらいは知るようになったが、ほかにこの人物について把握している情報はほとんどなかった。町内のどのあたりに住んでいるのかも分からない。

見たところ六十七、八ぐらいか。年齢からすれば、いまは仕事を引退して隠居の身だろう。

わたしから見て、自分は道路の左側を、伊藤は右側を歩いていた。

思ったとおり、リンが急に落ち着きをなくし始めた。このところ、伊藤と出くわすと、たいていこうなる。

手にしているリードが強い力で引っ張られた。リンが道路の反対側にいる伊藤に向かってすり寄っていこうとしている。

おはようございます、と挨拶の言葉をかけながら、わたしはリンの後を追うようにして、伊藤の方へ寄っていった。

伊藤も斜めに進路をかえて、わたしとリンの方へ近寄ってくる。

「残念ですが、明日以降、しばらく会えなくなります」

伊藤はリンを撫《な》でながら、わたしの方を見ずにそんなことを言い出した。

「今日の午後から入院することになったんです」

「どこかお悪いんですか」

「腹の張りが治まらないので、診《み》てもらったら、肝臓に癌《がん》が見つかってしまいましてね。転移している疑いも濃厚でして……。明日手術をして、そのあと二週間ぐらいはずっと病院にいなきゃいけないようです」

伊藤は下を向いたまま、恥ずかしそうに頭に手をやった。

わたしはいまの話を聞いても、あまり驚かなかった。以前から、この人は体調があまりよくないのではないかと気づいていたからだ。伊藤はずいぶんと、皮膚や目の色が黄色かった。

監視という行為が業務の中心を占める、そんな刑務官などという職業に就いていると、無意識のうちに人をじろじろと観察してしまう癖がついてしまうものだ。

「どこの医者に診てもらっているんですか」

「市立病院の蓑島《みのしま》先生です」

蓑島健郎《たけろう》ならよく知っている。名医と評判の男だ。

わたしが働いている拘置所の医務室には、何人かの医師が交代で勤務している。蓑島もその一人だった。普段は市立病院にいるが、週に二日は拘置所にやってきて被収容者を診察している。

「じゃあ、また会おうな。もしこっちが生きていたら」

リンに向かって軽くふざけてみせてから、わたしに目礼し、伊藤は去っていった。

その背中をリンは追おうとしている。彼女の力は強かった。踏みとどまるには、リードを持つ手にかなり力をこめなければならなかった。

「ほら、帰るぞ」

わたしはリードを引っ張りながら、なぜだろうと考えた。

今日の散歩では、合計五人の人間とすれ違った。リンは最初の四人にはまったく関心を示さなかった。ところが伊藤にだけは、いつものように興味津々の様子ですり寄っていった。

伊藤は手ぶらだったから、食べ物を携行していたわけでもない。それに犬を飼っているふうではないから、同種族の仲間が放つにおいが衣服に染み付いている、といった事情も考えにくい。

ではいったい、リンは伊藤のどこに、これほど関心を抱いているのだろう……。

2

もうすぐ午後一時。昼の休憩時間が終わろうとしていた。

わたしは休憩室の椅子から立ち上がり、鏡の前に立った。

伊藤はもう入院の手続きを終えただろうか。そんなことをちらりと考えながら、制帽を被《かぶ》り、ネクタイの曲がりを直す。

わたしのネクタイは、いわゆるワンタッチタイプだった。「装着に二秒いただきます」との触れ込みで販売されている商品だ。プラスチック製の短い棒が二本の角のように結び目から飛び出している。この棒のあいだにあるクリップで、ワイシャツの襟元を挟むだけでいい。わざわざ首をぐるりと一周させ、せっせとノットをこしらえる必要はない。

そのとき気がついた。高浜《たかはま》が後ろに立ち、鏡の中からこちらの喉元のあたりにじっと視線を当てている。

「このネクタイが気になるか？」わたしは若い後輩と鏡の中で目を合わせた。「こいつはな、イギリス流ってやつだよ」

誰かに聞いた話だが、英国の刑務官がしているネクタイは、やはりこうしたワンタッチタイプらしい。被収容者から不意に引っ張られた場合に窒息しないための防御策、ということだ。

もっとも、わたしには被収容者から首を絞められた経験などなかった。ワンタッチ式にしている理由は、普通のネクタイよりもこちらの方が、少しでも絞首刑を連想せずに済むからだった。

「それ、どこで買えるんです？」

「さあな。もらいものだから、おれも知らん」

このネクタイは、二年前、わたしが初めて死刑の執行に立ち会ったあと、兄から贈られたものだった。万事につけて気の利かない弟とは違い、四つ年上の兄は、相手の心情を汲《く》み取った品物を、時宜《じぎ》を捉えて贈ってくるのが常だった。弟が言うのも何だが、さすがは県警の刑事部長にまで出世しているだけのことはある。

「楽でよさそうですね。おれも使ってみようかな」

「若者が年寄りの真似をしてどうする」

わたしは体の向きを変え、正面から高浜の肩に手を置いた。

「じゃ、行くか」

高浜を従え、休憩室を出た。

拘置所の内部は未決区と確定区に大きく分かれている。わたしたちが向かった先は建物の北側——確定区だった。

「診察っ。投薬っ」

高浜にそう告げさせながら、独居房の並ぶ廊下を歩いた。

「希望する者は申し出るようにっ」

週二回、火曜日と金曜日の午後は、健康状態の思わしくない被収容者たちに、その旨を自己申告させることになっていた。

実を言えば、薬をもらいたいのはわたしだった。ときどき臍《へそ》のあたりが痛くてたまらなくなるのだ。

腹痛を訴える同僚は少なくなかった。神経性胃炎や胃潰瘍《いかいよう》は、この仕事の職業病と言ってもいいのかもしれない。

被収容者が房内のスイッチを押すと、廊下側のドア上にあるランプが点灯し、外部からそれが分かるような仕組みになっている。

いま、一つの房でランプが点灯したため、わたしは高浜と一緒にそちらへ向かった。

【四七〇　与田耕一】

扉の右側に掲げられた札に目をやると、称呼番号の末尾、「〇」の数字だけが特別大きく見えた。この拘置所では末尾がゼロの囚人――ゼロ番囚とはすなわち死刑囚のことだ。

扉には、ちょうど目の高さに横長の細い窓がついている。開房する前に、その視察孔から中を覗《のぞ》いてみた。

三畳半の独房内で、与田は、いつもよりくたびれた顔をしていた。

わたしは鍵を使って鋼鉄製の扉を開け、入り口に近い位置でこちらを向いて正座をしている与田を見下ろした。

「与田、どうした」

「……気分がすぐれません。腹も張っています」

たしかに与田は顔色がよくなかった。皮膚や目も黄色がかっている。

わたしは彼を出房させた。

先頭を歩かせ医務室へ向かう。拘置所の中では被収容者に手錠は掛けない。

足に力が入らないのか、与田のスリッパは、廊下の床をやや引き摺っている。

ここから医務室までは、百メートル近い距離を歩くことになる。肩を貸してやろうか。一瞬、そんな気持ちが頭をよぎった。

与田は、七年前に起きた強盗殺人の容疑で死刑判決を受けていた。

このS市内で老夫婦が殺された事件だった。現場は夫婦の自宅で、室内には物色された痕跡があり、現金がいくらか消えていた。

事件の直前、水道の修理人として被害者宅に出入りしていたのが与田だった。また、当時の彼は、友人の作った多額の借金を連帯保証人として肩代わりしている、との事情も抱えていた。

与田本人は無実を主張し、再審の請求を続けているところだった。

気がつくと、わたしの視線は与田の首筋ばかりを見ていた。

医務室の入り口にあるホワイトボードには、本日の担当医として蓑島の名前が記されてあった。

与田を連れて入ったとき、蓑島は書類仕事に追われていたようだが、すぐにその手を止め、手早く診察に取り掛かってくれた。

視診や触診だけでなく、採血をし、レントゲン写真まで撮影した。

刑事施設の医療環境は概して貧しいものだが、この拘置所は例外だった。昔からこの方面には力を入れていて、一般の診療所として電話帳に登録されているほどだ。

「検査の結果が出ないと何とも言えないが、ざっと診たかぎりでは、目立った異常はないようだ。まあ念のため、腹部の張りを抑える薬を出しておこう」

そう与田に言ったあと、蓑島はわたしの方へ顔を向けた。

「横臥《おうが》許可を出すけれど、異存はないね」

「はい。お願いします」

与田を連れて帰ろうとすると、蓑島に「ちょっと」と呼び止められた。わたしはいったん与田を高浜に任せ、蓑島に向き合った。

「梨本《なしもと》さん。あなたはさっきまで、あの死刑囚をずいぶんじろじろ見ていたね」

気づかれていたか。

「何か気になることでも？」

「いいえ。別にありません」

口ではそう言ったが、実はあった。与田は、顔と目が黄色で、腹部に張りを覚えているという。伊藤の様子とよく似ているのだ。

それにしても、ゼロ番囚を連れて医務室に来ると、いつも嫌な疲れを感じてしまう。

彼らが病気に罹《かか》っているとしたら、放っておけば、あとは勝手に死んでくれるかもしれない。だが、それは許さず、わざわざ治す。そうしてから、結局は絞首台に送る。

死刑囚は健康でなければ処刑されない。

この理屈は、何となく理解できるような気もするが、根本の部分に大きな矛盾を抱えているようにも感じられてならない……。

五日後、蓑島が与田の診断書を出してきた。それには蓑島の直筆で「異常所見なし」と記されていた。

3

朝、自分の机で被収容者の処遇状況を報告書にまとめていると、背後から高浜が顔を寄せてきた。

「ネット通販で買っちゃいましたよ、これ」

そう言って高浜は、襟元から縞《しま》模様のネクタイをぱっと取り外してみせた。

「ちょうどいいところに来た。高浜、きみの飼っているワンコだけどな、種類は何だっけ」

若い後輩は、嬉しさ半分落胆半分の表情を作った。相手がネクタイの話には乗ってこなかったが、代わりに犬の話を振ってきたからだ。高浜は、刑務官の採用試験に受からなければブリーダーかトリマーを目指していたというぐらいの愛犬家だった。

「エアデールテリアです。雌で、八歳になります」

「エアデール……。ああ、あのもじゃもじゃしている縫いぐるみみたいなやつか」

高浜は少しむっとした。「見た目はそうですけど、優秀ですよ」

歴史的に見れば、狩猟犬、軍用犬としても有名です。日本警察犬協会が警察犬として認めている犬でもありますし。拘置所でも飼えばいいんですよ。違法な差し入れを摘発させるんです。かなりの成果を挙げると思いますよ——。高浜は早口でささやかな講釈をぶった。

「名前は？」

「ケイトです」

えらく洋風だなと思ったが、よく聞いてみると、命名の理由は、その犬が毛糸のにおいが好きだからだという。

「じゃあちょっと考えてみてくれ。いいか、いまケイトを散歩に連れ出したとしよう」

一週間前の朝を思い出しながら、わたしは続けた。「すると当然、何人かの人間とすれ違うわけだ。だが彼女はあまり人には興味がなくて、いつも知らん振りして通り過ぎる」

「うちのは、かなり人懐っこいですよ」

「仮定の話だ。続けるぞ。——今朝、五人の人間と出くわしたケイトは、四人目までは無関心でスルーした。ところが、最後の一人だけには強い興味を示した。こんな場合、どう解釈したらいい」

「普通に考えれば、犬は嗅覚の動物ですから、その五人目がケイトが気にするにおいを発散させていた、ということになりますね。その五人目は、毛糸のセーターでも着ていたんでしょう」

「なるほど。じゃあもし着ていたものが毛糸じゃなかったら？」

「ほかの動物のにおいをさせていたのかもしれませんね。その五人目の人も家で犬でも飼っているんじゃないんですか。あるいは猫とか」

「それ以外には考えられないか」

「何か隠し持っていたのかも」

「何かって何だ？」

「例えば麻薬とか」

「……なるほど」

「とにかく、そういう場合ケイトは、その五人目だけが持っているあるもののにおいを探知したわけです」

拳銃やら地雷やらトリュフやら、いろんなものを犬は嗅ぎ当てるでしょう。お金探知犬、シロアリ探知犬なんてものまでいるぐらいです。最初の四人が持っていなくて、五人目だけが持っているものだったら、それが何であっても、おれは驚きませんね——。

高浜の説明を聞いているうちに、午前十時を過ぎていた。今日はこれから与田に戸外運動をさせなければならない。

若い後輩に礼を言ってから、わたしは制帽を被って立ち上がった。

与田の房へ行き、視察孔から覗いてみると、彼は胡坐《あぐら》をかいて座卓に向かっていた。スケッチブックに鉛筆で絵を描いている。

「与田、開けるぞ」

声をかけると、与田は正座をした。

わたしは座卓を指差した。「その絵をよく見せてくれないか」

与田が手渡してきたスケッチブックを、わたしは目の前に掲げてみた。

画用紙を縦に使い、上端に近い部分に、風船が一個だけ描いてある。

下端には横線が引いてあり、草のようなものが描かれてあった。これは地面を意味しているのだろうと思われた。

よく見ると、風船の中には記号のようなものが描いてあった。単純な形をしている。縦棒が一本引いてあり、その下に丸が一個ついているだけだ。

「この絵には」わたしは風船内に描かれた【|○】から目を離さずに訊《き》いた。「何か意味があるのか。よかったら、教えてもらえないか」

与田は目を伏せた。説明したくないのか、それともできないのか。もし後者なら、想像の赴くままに筆を走らせただけの、まるで意味のない絵、ということだろう。

「まあいい。ありがとう」わたしは与田に絵を返した。「ところで、現在の体調はどうだ」

「あまりいいとは言えません」

与田は前髪をそっと指で払った。もう目にかかる長さになっているが、散髪する気はないらしい。

「これから戸外運動の時間だが、どうする？　やめておくか」

数秒間迷う素振りを見せてから、与田は立ち上がった。「行きます」

与田を廊下に出した。

戸外運動は一週間に三回設けられている。時間は一回三十分。ただし房から運動場への往復を含んでの時間だ。

運動場に続く廊下を歩きながら、わたしは与田の背中に向かって口を開いた。

「蓑島先生の診断書は見たか」

その内容はすでに、看守長から与田に伝えられているはずだった。

「……はい」

よかったな、何ともなくて。そう声をかけようかと思ったが、結局やめておいた。

運動場に出た。通称「鳥小屋」と呼ばれている狭い場所だ。

円形のスペースをいくつかに区切って作ってあるため、一つ一つは扇形をしている。

扇の要《かなめ》にあたる箇所が出入り口で、そこから向こうへ行くほど広くなる。奥行きは五メートル、突き当たりの横幅は二メートルほどしかない。この狭さでは走り回ることなど到底無理で、できることと言えば軽い体操ぐらいだ。

頭上に設置された金網を通して空を見上げれば、いま、分厚い雲の隙間から太陽が顔を出そうとしているところだった。

入り口の近くにいるわたしに背を向ける格好で、扇の外縁部に近い位置に立ち、与田は両手を横に広げた。

首を後ろにそらしている。この位置からでは顔が見えないが、おそらく目を閉じて外気を目一杯吸い込んでいるのだろう。

それから与田は膝《ひざ》の屈伸運動を始めた。だが、ほんの四、五回で動きを止めてしまった。

「使うか」

わたしは与田に縄跳びの縄を差し出した。与田が受け取り跳び始めたが、一度足に引っ掛けると、もうそれ以上使うのをやめてしまった。ちょっと動いただけで疲れてしまうようだ。

「使わないなら返しなさい」

気がつくとわたしの視線は、また与田の首に行っていた。

ロープの類《たぐい》が目に入ると、どうしても極刑の執行現場を連想してしまう。手元に回収し、後ろ手に持っておかないと落ち着かなかった。

「本に書いてあったんです」

わたしの手に縄を戻しながら、与田はそうぽつりと言った。

「……何の話だね」

「さっきわたしが描いていた風船の話です。この前読んだ本に書いてあったんです。『心配ごとは風船で飛ばせ』って」

悩みごとや不安に思っていることがあれば、まず頭の中に大きな風船を思い描くんです。そしてその風船に、悩みや不安を吹き込み、大空へ飛ばしてやる。そのようなイメージを描くと心が軽くなるそうです――。

そうした与田の説明を聞いて、わたしははっとした。縦棒に丸。風船の絵に描き入れてあった記号の意味が、いまさらながら理解できたからだ。

ロープ。絞首台にぶら下がっているそれだ。

ならばあの絵は、吊るされる恐怖を少しでも忘れようとして描かれたもの、ということになる。

「できるだけ明るい気持ちになるためには、風船の色は黄色がいいらしいです」

そう言い添えた与田の口調には、気のせいだろうか、どこか諦念めいたものが潜んでいるようにも感じられた。

与田を房に戻したあと、わたしは、上司である看守長のもとへ行った。

「一つ起案したいことがあるのですが」

看守長は怪訝そうな顔をした。それも当然だろう。刑務官に採用されてから三十年近く、マニュアルだけを淡々とこなしてきたわたしにとって、自分から何かアイデアを出すなど、かつて一度もなかったことなのだから。

わたしは出世欲というものも皆無で、いまだに平看守だ。県警の刑事たちを束ねている兄とは、この点でもえらい違いだった。

「どんなことだね」

「被収容者の戸外運動についてですが、縄跳びだけでは飽きると思うのです。そこでバレーかバスケットのボールを取り入れてはどうでしょうか」

拘置所によってはボールの使用が許されているところもあるが、ここでは伝統的に禁止されていた。

「駄目だな。大きなボールは危険だ」

反対されるのは想定内のことだった。ましてこの看守長は、杓子定規《しやくしじようぎ》という言葉がそのまま人間になったような相手だ。

「では、風船を使ってはいかがでしょう」

「……風船？」

「はい。ゴム風船です。それならば安全だと思います。値段も高が知れていますので、予算から支出していただく必要はありません。わたしが自腹で準備します」

4

入院患者との面会が許されるのは、午後二時からだという。

早く来すぎてしまったため、消化器病棟の廊下で、読みたくもない雑誌のページをぼんやりとめくりながら待つ羽目になった。

やがて壁に掛けられた時計の針が、ようやく二時を回ってくれたので、わたしは椅子から立ち上がった。

病室入り口には入院患者の名前を書いたプレートが設置してある。それを見て、伊藤の下の名前が重治《しげはる》であることを知った。

こちらの姿を目にした伊藤は、驚いてベッドから体を起こしたあと、やや戸惑う様子を見せた。それもそうだろう。散歩ですれ違う程度の相手がわざわざ見舞いに現れたら、わたしだってびっくりするし、どう接していいものか迷ってしまうに違いない。

「突然お邪魔してすみません」「いえいえ、ありがとうございます。お仕事はお休みですか」「いえ、今日の出番は夕方からなんです。で、どうですか、具合は」「何とか生きてます」「またまた。だいぶお元気そうですよ」「ははは、お世辞じゃないことを祈ります」……。

そんな通り一遍の会話を交わしたあと、わたしは持参したセカンドバッグのファスナーを開けた。

「手術はうまくいったようですね」

「一応、肝臓の方だけは、そうみたいです」

「不躾《ぶしつけ》な質問ですが、転移はやはりしていましたか」

「はい。胃の方に。こっちの方は明後日手術の予定です」

「そう言えば、最近、こんな話を聞いたんですよ」

セカンドバッグの中からゴム風船を一つ取り出した。ここへ来る途中の雑貨店で、三十個ばかりまとめて買い求めた。そのうちの一つだった。

「不安は胸の中にしまっておかずに、風船の中に吹き込んで、空に飛ばしてしまうといいそうです」

わたしは伊藤に風船を手渡した。

黄色いゴム風船を受け取った与田は、今日も艶《つや》のない顔をしていた。

「このたび運動の時間に、これを使っていいことになった」

その旨、すでに被収容者たちには文書で知らせてあったが、一応口頭でも説明した。

「膨らませて自由に使っていい。壁にぶつけてもいいぞ。手で打っても足で蹴っても、何をしてもいいから、好きなように運動しろ」

与田はゆっくりとした手つきで風船を口元の高さにまで持ち上げた。

「これに、わたしが自分で息を吹き込めばいいんですか」

「そうだ」

「本当にいいんですか」

本当はよくない。被収容者に自分で空気を入れさせると、風船を呑み込んだりするおそれがある。そのため規則では、看守が膨らませ、それを手渡すことになっていた。もっとも、看守長にバレさえしなければ差し支えないだろう。まさか与田が告げ口などするはずもない。

「かまわんよ。――いや、ちょっと待て」

わたしは与田からいったん風船を受け取り、油性ペンを使って縦棒に丸の記号を描き入れてから、彼に返した。

「どうせだ。膨らませるときは、胸の中にある不安を全部ここへ吐き出しちまえ」

5

「始末書」。標題部にそう書き記して、もう二十分ほどが経つ。

だが、肝心の本文はまだ一文字も書けてはいなかった。
・ミスや不祥事がなぜ起きたのか、という原因を記す。
・自己弁護は一切しない。
・反省の弁と、自分の処分を組織に一任する旨を記す。
・書き間違いをしたら修正液を使わず、最初からすべて書き直す。
この事務室内に備え付けてある『ビジネス文書の書き方』なる本には、始末書を書く際のポイントとして、この四点が挙げられていた。

それはいいのだが、肝心の例文が「不良品の出荷を謝罪する」だの「送金の遅延を詫《わ》びる」だのと、どれも民間企業向けのものばかりだから、少しの参考にもならない。

始末書など書く羽目になったのは初めてで、どう筆を進めていいか分からず、わたしは戸惑った。

そうこうしているうち、看守長が近寄ってきて、

「できたか」

わたしの手元を覗き込んだ。こうなったら後先を考えている余裕はない。

【令和〇年十月九日、私は慢心から、規則に定められたとおりの業務を行なわず――】

とりあえず、頭に浮かんでいる言葉をボールペンで書き付けていった。

【私の犯した誤りは下記のとおりです。

記
風船を膨らませる作業を自ら行なわずに、被収容者（称呼番号四七〇・与田耕一）にさせていたこと】

バレないようにやったつもりだったのだが。看守長はどこかで監視の目を光らせていたのだろうか。

「それで終わりか。もう一つあるんじゃないのか」

わたしは看守長を見上げた。「何でしょうか」

「一度使った風船だよ。それはどうすると定めたはずだ？　言ってみろ」

「『衛生面を考慮し一度使用した風船は再利用せず、被収容者からの回収分をすべて一箇所に集め、数を確認してから焼却処分とする』――です」

「そのとおりにしたか」

「したつもりですが」

「いいや、していない。与田の使った風船は返却されていない」

「お言葉ですが、焼却処分したときの帳簿を見てください。廃棄した風船の数は合っているはずです」

「数は合っている。だが、モノは違っていた。おまえは与田に使わせた風船にペンで何か記号を描いただろう」

「……はい」

「廃棄された風船には、その記号が描いてなかった。ということは、別の、おそらくおまえが準備した新品だったということになる」

もう少しで感嘆の溜め息をついてしまうところだった。よくもまあ、そんな細かいところまで部下の動きを把握しているものだ。

「すみません。いまのは訂正します。与田に使わせたものは、回収したあとうっかり捨ててしまったので、しかたなく新品で帳尻を合わせておきました」

「だったら始末書にはそのように付け足しておけ」

やっと看守長が自分の席へ戻っていった。

額にハンカチを当て冷や汗を拭いていると、そのうち、事務室内が少し騒がしくなった。どうやら、今日は未決囚の健康診断が予定されているにもかかわらず、医師――蓑島が出勤していないらしい。事前に休む旨の届けが出ていないから、無断欠勤ということになる。

今日は休む旨の連絡があったのは、午前十一時ごろになってからだった。それは蓑島本人ではなく、彼の弁護士と名乗る人物からもたらされた。

その日の午後三時前、わたしは高浜を引き連れ、巡回に向かった。

「そのネクタイ、前のと違いますね」

「ああ。新品だ」

「やっぱりワンタッチですか」

そうだと答える代わりに、わたしはネクタイをワイシャツの襟からさっと外してみせた。十日ほど前、どうしても必要があり、多忙な兄と久しぶりに会った。その際にプレゼントされたものだった。

与田の房まで来ると、わたしは高浜の肩を叩いた。「おまえはここで待っていろ。おれが一人で入る」

「でも、それって規則違反ですよ」

「いいんだ。責任はおれが取る」わたしは後輩を廊下に待機させ、一人で房内に入り、与田に訊いた。「体調はどうだ」

「今日も、あまりよくありません。倒れそうです」

「すまなかった。与田さん」

なぜかいきなり、さん付けで呼ばれ、与田はただ瞬きを繰り返した。

「どうして梨本さんが謝るんですか」

「きみをすぐに病院へ連れて行くことができなかったからだ」

「……どういうことです？」

「きみはいま病気に罹っている」

この言葉は嘘ではなかった。

「それが、わたしにははっきりと分かっていた。だが、先に蓑島先生が異常なしと診断したせいで、別の先生に診てもらう許可をとることができなかった。それが申し訳ないんだよ」

「何の病気だというんですか」

その点については、どうしてもわたしの口からは言えなかった。「癌」と宣告されてショックを受けない者など滅多にいないだろう。

「じゃあ、蓑島先生の診断書は何だったんですか。先生が誤診したということですか」

「違う」

「では何なんです」

「あの人は嘘をついたんだよ。つまり、きみが病気と知っていながら──」

「診断書には異常なしと書いた。そういうことですか」

わたしは深く頷いた。

「そんな……。なぜです」

蓑島は名医と評判の男だ。誤診とは思えなかった。では、どうして間違った診断を下したのか。

考えられる最もシンプルな理由は一つしかない。故意に間違った、ということだ。

死刑囚は健康でなければ処刑されない。病気であることが判明すれば、処刑の時期が延びてしまう。

逆に言えば、健康だというお墨付きがあれば処刑される。

蓑島は、一刻も早く与田が処刑されることを望んでいる。そういうことではないのか。

だとしたら、その理由は何なのか……。

そこまで考えてから、わたしは兄に会い、この一件を知らせておいたのだった。

腕時計に目をやった。午後三時まで、あと一分を切っている。わたしは房内の小さなテレビへ顔を向けた。

「それを点《つ》けてくれ」

「でも、視聴許可をもらっていませんが」

「いいからスイッチを入れなさい。どうしても、きみに見てもらわなければならないものがある」

与田がテレビを点けた。午後三時。どのチャンネルでも、たいていワイドショーをやっている時間だ。

兄から密かに送られてきたメールには【午後一番で逮捕する】とあった。同時にマスコミにも発表したらしいから、もうそろそろ警察署の前からリポーターが中継しているころだろう。

「どうして蓑島医師が嘘をついたのか？　きみはいまそう訊いたね」わたしは画面を指差した。「答えはこれだよ」

思ったとおり、警察署の前からリポーターが中継をしていた。

《七年前に、S市で起きた老夫婦強盗殺人事件に関与した疑いが固まったとして、医師の男が逮捕されました》

リポーターはマイクを握り直し、手にしたクリップボードに目を落とした。

《この事件では、すでに与田耕一死刑囚の刑が確定していますが、冤罪《えんざい》だった可能性が濃厚になってきました》

与田の体がぐらりとしたのが分かった。全身から力が抜けたのだろう。わたしが横から支えてやらなければ、本当に倒れていたところだった。

6

午前十一時。約束していた時間に玄関のチャイムが鳴った。彼が来たようだ。

わたしは読んでいた新聞を畳んだ。

社会面の記事は、逮捕された蓑島の初公判が本日開かれることを伝えていた。

蓑島は、すでに全面的に犯行を認めている。

被害者夫婦のうち夫の方は、腎臓を患い、蓑島の治療を受けていたが、手術に際して医療ミスがあったようだ。その公表をめぐって夫婦と医師とのあいだに諍《いさか》いが起きていたらしい。

裁判の争点は量刑だが、与田との整合性を考えれば、下される判決は一つしかないだろう。

畳んだ新聞をテーブルに置き、代わりに準備していた小さな木製の箱を手に持って、わたしは玄関口に出て行った。

ドアを開けると、スーツに身を包んだ男が、玄関ポーチで直立の姿勢をとっていた。顔を合わせるのは三か月ぶりだ。しばらく見ないうちに少し太り、そのせいで印象が変わっていたが、与田に違いなかった。

「その節は、お世話になりました」与田はわたしに深々と頭を下げた。「治療が一段落したので、やっとご挨拶に伺うことができました」

一時期、『死刑台から戻った男』として、かなりマスコミに騒がれたが、もう週刊誌の記者に追いかけられることもなくなったようだ。ほかの誰かを引き連れてきた様子はない。

「久しぶりだね。生還おめでとう」

わたしは握手を求めて与田に右手を差し出した。五年もその起居をつぶさに観察してきた相手だ。こうして拘置所の外で会ってみると、血のつながった身内のようにも思えてしまう。

「ありがとうございました。梨本さんは命の恩人です」

与田はわたしの右手を両手で握り返してきた。そんな彼を、わたしは家の中には招き入れなかった。代わりに、こちらがサンダルを履き、与田の背中を押すようにして、庭に出て行った。

「もう肝臓の方は大丈夫かい？　癌はすっかり取れたのかね」

「はい。おかげさまで。――あの、ずっと疑問に思っていたことがあるのですが」

「何だい」

「『きみはいま病気に罹っている』。そう梨本さんは、いつかおっしゃいましたよね。それは見事に的中していたわけですが、どうして分かったのですか」

「それを教える前に、間違いを一つ訂正しておこうか」

わたしは手近にあった竹箒《たけぼうき》を手にした。逆さまに持ち、柄《え》の先端を地面につけ、庭土に文字を書いた。

「恩人……ですか」

わたしの書いた下手な字を正確に読み上げ、与田は顎《あご》に手を当てた。

「これが何か」

「さっき、きみはわたしをこう呼んだだろう。だがこれは失礼ながら誤りだ。——正しくはこうだよ」

わたしは竹箒の柄をあと二回動かし、いま書いた文字に棒と点をそれぞれ一つずつ加えた。そうして地面の文字が「恩人」から「恩犬」に変わると、与田はますます混乱したらしく、顎にやっていた手を額に当てた。

わたしは手にしていた木製の小箱を胸の高さまで持ち上げた。

「なぜきみの病気が分かったか。その理由はこれだ」

箱から取り出したのは黄色い風船だった。縦棒と丸が組み合わさった記号が、油性ペンで描き入れてある。

うっかり捨ててしまった——そのように看守長には説明したものの、実は密かに自宅へ持ち帰っていた。以前はぱんぱんに膨らんでいたが、いまはだいぶ萎《しぼ》んでいる。それでも少しは中に気体が残っていた。

それを持って犬小屋の前に行った。風船の表面を指で軽く圧迫し、中の気体を少し外に漏らしてやった。と同時に、それまで眠っていたリンが急に起き上がり、猛烈な勢いで小屋から飛び出してきた。

首輪のチェーンがもう少し長ければ、この風船に飛び掛かり、爪で引っかくか咬《か》むかして、ゴムを破っていたところだ。

「わたしの知り合いにも一人、癌の患者がいてね」

リンの腹を撫でて落ち着かせながら、伊藤の顔を思い浮かべた。彼もどうにか無事に治療を終え、いまでは、また朝の散歩で顔を合わせるようになっている。

「きみの呼気で試す前に、その人の息を風船で持ち帰って、この犬に嗅がせてみたことがあったんだ。結果は、いまと同じだったよ。だからきみも癌だと確信が持てた」

世の中には、特定のにおいに強く反応する犬がいる。珍しいところでは、トリュフ、貨幣、シロアリなどのにおいだ。

そこにもう一つ付け加えるなら、例えば「人体に宿った病巣《びょうそう》」が挙げられるだろう。

呼気のにおいで癌を探知する犬。その存在はわりと有名だから、以前からわたしも知っていた。しかし、まさか自分の飼い犬にそのような能力が備わっているとは、もちろん想像したことすらなかった。

与田は懐かしそうな目で黄色い風船を見つめた。

「つまり、わたしの息を運ぶための道具だったんですね、これは」

「ああ。——今度はきみ自身が実験台になってみてごらん」

風船を箱の中にしまい、代わりに与田をリンに近づかせたところ、雌のラブラドールレトリバーは何の反応も見せなかった。

生還おめでとう。わたしはもう一度、今度は胸の裡《うち》でそっと呟いた。

苦い確率

1

夕闇の中に〈パチンコPLUS堀手《ほりで》中央店〉の看板が見えてきた。

五木敬真《いつきけいま》は片手でハンドルを切り、だだっ広い駐車場に車を乗り入れた。

店には入らず、裏手にある景品交換所へ向かう。

従業員用の入り口をノックした。斜め上を仰《あお》ぎ監視カメラの方を見やると、待つほどもなくドアが開いた。

顔を覗《のぞ》かせたムンディは、細い煙草《たばこ》を口から垂らすようにして銜《くわ》えていた。

「邪魔するよ」

そう声をかけても、ラオス生まれの五十女は返事をしなかった。代わりに不機嫌そうに厚い唇の端から煙を吐き出し、何の用かと目で問うてくる。

「入れてくれないか。金を持ってきた」

十畳ほどの広さがある室内は、その一角がライター石やら香水やらの箱で占拠されているため、かなり狭く感じられた。

目立つのは、神棚の横に飾ってある提灯《ちょうちん》だ。景品交換所と暴力団の結びつきは昔から根強い。この「替え場」も、多くの例にもれず、経営しているのはヤクザ組織だった。〈羽黒《はぐろ》陵雲会《りょううんかい》〉。相撲《すもう》文字というのか、太い毛筆の字体で提灯に書かれた文字にはそうある。

その提灯に向かって、五木は一礼した。

「丑倉《うしくら》組、営業部長の五木敬真です。平素はお世話になっております。本日もよろしくお取り立てのほどお願い申し上げます」

陵雲会の下部組織に属する者なら、一日一度はかならず行なわなければならない口上だった。くだらないしきたりだが、怠《おこた》ったことがバレると面倒くさいことになるから、省くわけにもいかない。

視界の隅に、ニコチンの脂《やに》で黄色くなったムンディの指先が入ってきた。

彼女の方へ向き直り、輪ゴムで縛った一万円札二十枚を、皺の目立ち始めた手の平に載せてやった。野球賭博で作った借金だった。あちこち駆けずり回って、やっと作った金だ。踏み倒して逃げようなどとは、一瞬たりとも考えはしなかった。陵雲会が放つ追い込み部隊の執拗《しつよう》さには、この業界でも定評がある。

「集金の手間を減らしてやったんだ。茶の一つぐらい出てくるのが普通だと思うがな」

女ノミ屋は短く鼻を鳴らした。「どうせ何かのついでだろ、あんたがここへ来たのは」

日本に来て四半世紀になるムンディの日本語からは、もうほとんど東南アジア訛《なま》りが消えている。

「これからどこへ行くんだい」

問いかけと一緒に、女は机の上にあった小皿を差し出してよこした。皿に載っているのは皮の剝《む》かれたピーナッツだった。

「倉庫だ。百貨店前の」

答えながら、五木はピーナッツの皿をやんわりと押し返した。こんなものを口に入れたら、アレルギーのせいで卒倒する羽目になる。その点は、組の連中には伝えてあるが、この女にはまだ教えていなかった。

ムンディはピーナッツを自分の口に放り込み、「何しにさ」と問いを重ねてきた。

その質問には首を横に振ることで応じるしかなかった。なぜそこへ行かなければならないのか、自分も知らなかった。専務の和久井《わくい》に呼び出されたのだが、用件までは教えてもらっていない。

ムンディは慣れた手つきで札の枚数を数えたあと、まだ半分ほど残っている煙草を灰皿に押し付けた。

「今夜の試合は、どうするつもりさ」

今日は八時から、WBA公認の世界バンタム級タイトルマッチが行なわれる。安積伸《あづみしん》士《じ》という若手の成長株が、フィリピンのベテラン、ペドロ・アジャフロアに挑戦する試合が組まれているのだ。

「やらなくてどうするんだ」

そう答えると、ムンディが事務机に手をやった。そこから何やら光るものを取り上げる。パチスロ用のメダルのようだった。表側には店名を表すＰＬＵＳの文字が、裏面には店を経営している会社の社章らしき鳥のマークが彫ってある。

「ギャンブルにはね、必勝法があるんだよ。知りたいかい」

「別に」

「下手な強がりはやめときな。人生を台無しにするだけだから」

ムンディの手がメダルを放り投げた。手の甲で受け止め、それをもう片方の手で覆い隠す。

「表か裏か。当たったら教えてあげるよ」

裏と答えた。

ムンディが被せていた手をどける。ＰＬＵＳの文字に天井の蛍光灯が鈍く反射した。

「今回はやめときな。最近、あんたのくすぶり方は相当なもんだよ」

「ほっとけ」

「この前だって、車にはねられたんだろ」

ムンディはこっちの左肩に視線を当ててきた。狭い道路を歩いているときに、後ろから来たトラックにぶつけられて骨折したのは、一か月前のことだ。昨日、ようやく三角巾《さんかくきん》を取ることができたばかりだった。

「もう大丈夫なのかい。痛くないの？」

「日によって違う。今日は調子が悪い方だ。まあ、この怪我のおかげで便利なこともあるけどな」

「どんなさ」

「天気予報ができる。そろそろひと雨来るはずだ」

傷病部は気圧の変化を敏感に察知するものだ。この肩が痛むときは決まって天気が崩れる。

突然、事務所内にユーモレスクのメロディが鳴り響いた。ムンディが、羽織《はお》っていたカーディガンのポケットからスマートフォンを取り出す。賭けの注文が入ったようだ。立ったままの姿勢で、事務机に広げた帳面に向かってボールペンを走らせていく。ラオスにいた頃に使っていた文字の名残《なごり》か、ムンディの書く平仮名にはずいぶん丸みがある。

「とにかく、運気が下がっているときはね、下手に動かないことさ」通話を終えても、彼女はまだペンを動かしていた。「家でじっとしているのが得策なん――」

「組長はどっちに賭けたんだ」

言葉を被せるようにして訊《き》くと、ムンディは手を止めた。顔を上げ、何度か瞬《まばた》きを繰り返す。「……何の話さ」

「とぼけるなって。教えろよ。うちの親父だ。どっちに賭けた」

丑倉も、今日のタイトルマッチで、大きな賭けに打って出るらしい。そんな噂を耳にしていた。

組長本人は必死に隠しているようだが、どうやら組織の経営はもう破綻《はたん》しているようだ。丑倉組が扱う業務は、表向き、中古タイヤの販売だった。フロント企業と言えば聞こえは少しましになるが、実態は羽黒陵雲会から仕事を回してもらっているケチな三次団体だ。

「あんたんとこのボスは、いつも試合開始前のぎりぎりに注文を入れてくんのよ。だから、あたしもまだ知らないの」

「そうか。――おれはペドロに百万円賭ける」

「やめておきなって。よけいなお世話だけどね、あんた、もうカラッケツなんだろ」

「ペドロだ。百万。いいな」

普通、ボクシング賭博では、一ラウンドごとの採点結果によって賭けの勝ち負けを決めるのだが、陵雲会のやり方はもっと簡単だった。すなわち試合に勝った方の選手に賭けた者が勝ちとなるのだ。

またユーモレスクの旋律が流れた。

——これだから依存症は手に負えないんだよ。

ムンディが小声で毒づきながら、パチスロ用のメダルを放り投げてよこした。

ニッケル鍍金《ときん》を施《ほどこ》したメダルだった。鉄ではなく真鍮《しんちゅう》製らしく、他店のものより重みがある。左手で持つと、肩がわずかに疼《うず》いた。

2

雨は、倉庫に向かう途中で弱く降り出してきた。

ワイパーのスイッチを入れたいが、左腕は痛くて動かせない。次の赤信号まで待ち、車を停めてから、ハンドル越しに右手を使ってワイパーレバーを下げた。

倉庫に着いたころには、陽はもう完全に没していた。

道路を一本隔てた東側に、七階建てのビルが見える。〈時世堂《じせいどう》百貨店〉だ。ビルの外壁には大きな時計が設置してあった。洒落《しゃれ》たデザインの文字盤であるうえに、それがライトアップされるようになっているから、日没後でも利用できる便利な代物だ。

その時計は、現在の時刻を午後七時だと告げている。

倉庫前の駐車場には、一台のタクシーが停まっていた。

いまちょうど、その後部座席から、一人の男が盲導犬に手を引かれながら降りたところだった。市谷《いちたに》だ。髪は縮《ちぢ》れていて肌の色は浅黒いから、一見しただけでは日本人とは思えないことがある。

こっちも車を降り、市谷に近づいていった。

「おまえも呼ばれていたのか」

声をかけると、丑倉組の業務部長は顔ではなく片耳をこちらに向けてきた。

「……五木か？」

白内障の手術中に地震が起きる。そんな不運に見舞われた患者は、世の中を見渡してみてもそう多くはいないだろう。埋め込み途中の人工レンズが瞳孔を傷つけ、市谷のオペは失敗に終わった。右目はほぼ機能を失い、左目はまだ手術ができないままでいる。

盲導犬が警戒するように、やや姿勢を低くした。ゴールデンレトリバーだ。体高は七十センチほどもあるか。

しゃがんで撫《な》でてやると、盲導犬は、洞穴《どうけつ》の底から響いてくるような低音で喉を鳴らした。

「やけにでかい犬だな。こんな図体じゃあ、扱いづらいだろう」

「ああ。おかげでいま、二人分の運賃を取られた」

冗談ともつかない口調で言い、市谷は去っていくタクシーへとサングラスを向けた。

「ヤクザからふんだくるか。度胸のいい運転手だ。スカウトしたらどうだ」

あらかじめ和久井から渡されていた鍵を使い、倉庫のドアを開けようとしたが、施錠はされていなかった。もう誰かが中にいるらしい。

内部に足を踏み入れると、古タイヤのゴム臭が固まりになって押し寄せてきた。

倉庫の一角には、ソファが一脚と、ガラス製のテーブルが設置してあった。ソファはところどころが擦《す》り切れ、中のウレタンが盛大に顔を覗かせている。テーブルには白い黴《かび》が浮いていた。

壁に三十センチ間隔ほどの棚が設けてあるのは、この倉庫が以前、〈エックス〉とかいうドラッグストアの店舗として使われていたからだ。

少し離れた場所にビールケースが積み上げてあり、上には古ぼけたブラウン管テレビが載せてあった。テレビの隣では、小型の冷蔵庫が低い唸《うな》り声を上げている。五百ワットの低スペック機とはいえ電子レンジまで揃っているから、あとはスポーツ新聞でもあれば、一応は退屈せずにすむ場所だ。

ほとんど盲目に近い市谷を、ソファに座らせてやった。

こっちは手近にあった木製の椅子に腰を下ろし、酔い止めを口に放り込んだ。タイヤの保管倉庫など、人が立ち入る場所ではない。五分も留まっていると、悪臭で吐き気がしてくる。

換気をしたかったが、この倉庫には窓がなかった。元々はあった。しかし、いまは分厚い鉄板で塞《ふさ》がれている。ときどき陵雲会の幹部が密造拳銃の取り引きに使っている場所でもあるから、万が一にでも部外者に覗かれるわけにはいかないというわけだ。

足元で腹這《はらば》いになった犬の背に手を当てながら、市谷が口を開いた。「経理部長はまだか？」

「なんだ、寒川《さむかわ》も来るのか」

「そのはずだ」

「わたしなら、ここにいるよ」

甲高《かんだか》い声と一緒に、タイヤラックの陰から電動車椅子が現れた。

「ちょっと商品の観察をしていたんだ。溝《みぞ》をよく見てみると、いろんな模様があって、けっこう面白いね」

寒川は、三年前まで私立大学工学部の講師として教壇に立っていた。医者の家に生まれたものの餓鬼《がき》の頃から素行が悪く、フリースクールすら毎日サボっていたこっちとは大違いのインテリだ。ただ、台風シーズンに外を歩いたのがいけなかった。工事現場から飛んできた建設資材が、運悪く彼の足を直撃した。

もったいないことをする男だ。複雑骨折の痛みに耐えかね、薬物に手を出したりしなければ、まだ陽の当たる場所にいられたはずなのだが。

「シャーロック・ホームズっていう探偵がいるだろう。彼は自転車のタイヤ痕を四十二通り知っているらしいよ。それに挑戦しようと思ってね」

昔取った杵柄《きねづか》というやつか。身を持ち崩し、裏社会の末端で糊口《ここう》をしのぐようになってもなお、探究心は旺盛《おうせい》のようだ。

「どうやってここまで来たんだよ」

市谷が盲導犬の頭を撫でながら問いかけると、寒川は電動車椅子のジョイスティックを前に倒し、こちらへ近づいてきた。

「いまは介護タクシーっていう便利なものがあって、車椅子のままでも乗れるようになっているんだけど」

「おい、そんなことより腹が減っていないか」

五木は冷蔵庫を開けた。庫内にはピザの箱が入っていた。〈グルメ地中海〉――箱に印刷された店の名前は、近くにある宅配ピザ屋のものだった。Sサイズが四つだ。

昼の間、この倉庫でアルバイトをしている若い連中がいる。夜になって組の幹部が倉庫を使う場合は、何か食い物を準備しておくよう彼らに命じてあった。

箱を開けてみると、四つのピザはみな違う種類だった。マルゲリータにオルトラーナ。それからカプリチョーザとマリナーラだ。

「待ってくれ」鼻をひくつかせながら寄ってきた他の二人を手で制した。「悪いが、まずおれに選ばせてくれないか」

モッツァレラチーズ、パプリカ、トマト、バジル……。ピザの具を念入りに確認していく。うっかりピーナッツを食べたらえらいことになる身だ。何かを口に入れる前は、しっかりと材料を確認しておかなければならない。

結局、マルゲリータを選んだ。

三人分のピザを順番に電子レンジで温め直してから、市谷と寒川に訊いてみた。「どうして専務はおれたちを集めたんだ？」

営業、業務、経理。丑倉組の部長三人が招集されたわけだが、その用件についてはまだ見当がつかなかった。

「このご時世だ。大方これの話だろうね」

指で自分の首を切る仕草をしてみせた寒川は、市谷の目がどんな状態であるかを思い出したのだろう、すぐに「リストラじゃないかな」と言葉で付け加えた。

「冗談じゃねえ。こっちの目はこんなざまだぜ。いま放り出されたら、どうやってシノいでいけるってんだ」

齧《かじ》りかけていたピザから歯を離し、市谷がそう声を張ったとき、

「待たせたな」

痩《や》せた背の高い男が倉庫の入り口に姿を見せた。和久井だった。ホルモンのバランス

が悪いのだろう、顎《あご》のまわりに鬚《ひげ》がまったく生えていないため、今日も気味が悪いくらい生白い顔をしている。

3

一人掛けのソファに座った和久井に、寒川が冷蔵庫を手で指し示した。

「ピザがありますが、専務もお一つどうです」

和久井は蠅《はえ》でも追っ払うように手を振り、その申し出を一蹴《いっしゅう》した。

「テレビを点《つ》けていいですか」

五木は伺いを立てた。地上アナログ放送の終了を三年後に控え、液晶テレビが主流になったいま、化石となりつつあるブラウン管型だが、壊れてはいないから視聴することはできる。

「何を見たい」

「これですよ」両の拳を胸の前に揃え、ファイティングポーズを取ってみせた。「タイトル戦です」

「まだ前座の試合だろ」

「だけど、放送はもう始まってます」テーブルの上にあったリモコンに手を伸ばした。

「賭けてるのか」

こっちが頷くと、市谷も寒川も首を縦に動かした。ボクシングに限らず、野球の日本シリーズや大相撲の千秋楽など、スポーツの大一番で賭博に興じない者など、自分の知り合いにはまずいない。

「どっちに張った」

「ペドロです」

「市谷と寒川は？」

二人の返事は「安積です」だった。「何せ地元出身ですからね、そりゃあ応援したくなりますよ」

「じゃあ結果が気になるだろうが、まだテレビは点けるな。黙って座ってろ」

リモコンから手を引っ込めるしかなかった。

「ところで専務、今晩の用件は何です」

市谷の問いに、

「これだ」

和久井は小さな物体を二つテーブルの上に置いた。サイコロだった。

それが何か分からず、サングラス越しの視線を宙にさまよわせた市谷に、寒川が耳打ちをしてやった。「ダイスだよ」

二つとも、いかさま防止のため、透明に作られていた。転がりやすいよう、角が少し丸くなっている。どの面も重さが均等になるよう精密に作られた「プレシジョンダイス」というやつだった。

「おまえらにはこれから、これを振ってゲームをしてもらう」

初めに数字を一つ決める。次に、二つのサイコロを同時に投げる。そして、出た目の和が最初に決めた数字と同じになればよし、というルールだ。例えば「2、3」の目なら、足して5だから、最初に5が出ると宣言していれば上がりというわけだ。一回ずつ振っていき、一番早く一致させた者が上がりとなる——そう和久井は早口で説明した。

寒川が「5」。市谷が「8」を宣言すると、和久井の目がこっちに向けられた。

「五木、おまえは？　よく考えて選べよ」

「もう一つ質問してもいいですか。賞品は何です？　このゲームに勝ったら、何がもらえるんですか」

「黙って振れ。これは親父の命令だ」

「……すみません」

五木は「6」と答えた。

何度か振り、最初に的中させたのは寒川だった。

車椅子の経理部長は指を鳴らした。「わたしの勝ちですね。——専務。さあ教えてください。賞品は何ですか」

「待ってろ。いま出してやる」

和久井は持参したアタッシェケースを開けた。そこから取り出したのは一枚の用紙だった。標題部には「退職届」と印刷してあった。

寒川がすっと鼻から息を吸い込み、身動きを止めた。その気配を察知したらしく、

「どうした」

市谷が小声で訊いてきた。「賞品」が何であるかを耳打ちしてやったとき、盲導犬が舌を出して口のまわりを舐《な》めた。その音がやけに大きく聞こえたのは、市谷も息を詰めたせいだった。

「お言葉ですが、何か勘違いをなさってはいらっしゃいませんか」寒川は唇を震わせた。

「わたしは勝ったんですよ、いま」

「勝ったんじゃない。上がっただけだ」

たしかに、先の説明で和久井は「勝ち」ではなく「上がり」という言葉を使っていた。

寒川は自分の指先を自分の胸元に突きつけた。「……馘首《クビ》ってことですか」

「たぶんそうなる。とにかくその紙にサインしておけ。書くものは持っているだろう。なかったら貸してやる」そこでいったん言葉を切り、和久井は視線をこっちに向けてきた。「市谷、五木、何をしている。誰がもう終わりだと言った」

「嫌ですよ」市谷が風船から空気が抜けるような声を出した。「おれは、帰らせてもらいます」

「そうかい」

和久井は、ベルトのバックルあたりに、右手をゆっくりと差し込んだ。そこから重そうに引き摺《ず》りだしたのは黒い金属の塊だった。

平たいオートマチックなら分かる。しかし、和久井がベルトに差していたのは、ぽってりとした厚みのあるリボルバーだった。リボルバーならホルスターを用いるのが普通だ。ところがこの男はベルトに無造作《むぞうさ》に突っ込んでいた。何はともあれ、彼の手に握られているのはコルトパイソン357マグナムに違いなかった。

和久井はシリンダーをスイングアウトし、一発だけ弾《たま》を装塡《そうてん》した。

「市谷、口を開け」

「……何をするつもりです?」

「聞こえなかったか。こうしろと言ったんだ」

和久井は、顔を市谷にぐっと近づけてから、口を「あ」の形に開いた。

市谷がおずおずとそれに倣《なら》う。粘ついた唾液《だえき》が上下の唇に数本の糸を引いていた。

「ちょうどよかったよ、市谷。最近、陵雲会の幹部からこれをもらったんでな、試し撃ちをしてみたいと思っていたところだ」

和久井は、市谷の口蓋垂《こうがいすい》に向けてコルトパイソンの狙いを定めた。

市谷は、息を不規則に吐き出しながら顎をそらせた。ほとんど視力を失った両目を、剝くように見開いている。その様子が、サングラスと顔の隙間から窺《うかが》えた。

盲導犬がさかんに吠《ほ》えたてる中、寒川を見やると、彼は車椅子の肘掛《ひじかけ》を、腕が小刻みに震えるほど強くつかんでいた。

かまわず和久井はトリガーにかけた指に力をこめた。その動きには躊躇《ちゅうちょ》がなかった。ハンマーが起き、がちりと音を立てる。しかし銃口が火を噴くことはなかった。弾は偽物だったらしい。

「本物も用意してある。サイコロが嫌なら、ロシアンルーレットってやつで遊んでもらうことになるが、それでもいいんだな」

「……いえ。振らせていただきます」

和久井が頰を強張《こわば》らせて笑い、拳銃を戻しかけたとき、がたん、と音がした。

同時に、五木は自分の尻がいきなり下の方に沈み込んだのを感じた。座っていた木製の椅子の脚。それがいきなり壊れたのだ。

笑い声は一つも起きなかった。脅《おど》かすな――和久井が小さく毒づいただけだった。

「失礼しました」

五木は、代わりにそばに転がっていたスツールを引き寄せ、それに腰を下ろした。

二回戦では、市谷が「6」と宣言した。こっちは「7」を選んだ。

「よく考えて選べって」

和久井が先ほどと同じような言葉を繰り返した。

やっと気がついたのは、このときだった。

出た目の和が6になる場合と7になる場合は、一見すると同じ割合で起こるように思われがちだ。だが、違うのだ。

仮に二つのサイコロに名前をつけ、サイコロAとサイコロBとしてみれば、少しは分かりやすくなるかもしれない。AとBの出目《でめ》を「A、B」と表せば、二つの合計が6の場合、出目のパターンは「1、5」「2、4」「3、3」「4、2」「5、1」の五つだ。

これに対し、合計が7の場合は「1、6」「2、5」「3、4」「4、3」「5、2」「6、1」で六パターンある。

いまは頭が混乱していて深く考えられないが、パターン数が一つ多いということは、6よりは7の方が出やすいということではないのか——。

「……すみませんが、専務」

「どうした」

「予想を変えてもいいですか」

「もう遅い」

最初の三回は二人とも一致しなかった。四回目も市谷は外したが、こっちが出した目は「3と4」だった。

「いままでご苦労だったな、五木よ」

和久井が、さっきと同じ用紙を突きつけてきた。全身を悪寒《おかん》が駆け抜けていったのは、それを受け取った直後のことだった。

和久井が携帯電話を取り出し、誰かと通話を始めた。敬語を使っているから、相手は丑倉なのだろう。いまのゲーム結果を伝えている。

耳鳴りが起きたせいで、その声が次第に聞こえなくなっていった。目眩《めまい》も酷《ひど》い。両膝《ひざ》に手をつきながら、どうにか五木は立ち上がった。足がふらついてならない。

「どうしたんだ？」

誰かが声をかけてきたが、答えられなかった。口から出てきたのは、妙な唸り声だけだ。

タイヤラックに手をつきながら、倉庫の奥へと這うように歩を進めていった。いままでいた場所とは反対側の隅に設けられたトイレ。そのドアを押し開け、鏡に目をやる。

別人がそこにいた。

自分の顔には違いない。しかし顔貌が一変していた。目蓋《まぶた》が驚くほど腫《は》れ上がっている。目からは涙がこぼれ落ち、鼻水もだらりとぶら下がっていた。

震えがますます激しくなった。痙攣《けいれん》を起こした両腕が、勝手に空中をかきむしっている。

全身から脂汗が噴き出してきた。風邪をひいた時の症状に似ていた。頭の中がぐるぐると回っている。絞った雑巾《ぞうきん》のように、体が勝手に捩《ねじ》れた。

膝が折れた。タイルの冷たさに、背中が勝手に丸くなる。

「発作か」

「何かの禁断症状じゃないよね」

薄くなっていく意識の中で、市谷と寒川もトイレに入ってきたのが分かった。

「薬か何か持っているんじゃないのか。調べろ」

これは和久井の声だった。こっちが着ている服のポケットを、あちこち弄《いじ》っているのも彼の手かもしれなかった。

4

気がつくと、ソファに寝かされていた。

霞《かす》む視界の中で、ブラウン管テレビの画像が動いている。映っているのは半裸の男が二人だ。

ＷＢＡ世界バンタム級タイトルマッチ。画面の右上には、そうテロップが表示されている。右下に出たラウンド数は「9」となっていた。

安積がペドロをロープに押しつけ、ショートを連打している。だがペドロはクリンチワークが巧《たく》みだ。安積が放った右のストレートは完全に殺されていた。

攻勢に転じたペドロが安積にワンツーを浴びせたところで、九ラウンド目の終了を告げるゴングが鳴った。

上半身を起こすと、和久井がこっちに目を向けてきた。「どうだ、具合は」

「吐き気はおさまりました。顔は、まだ腫れていますか？」

「ああ。だいぶましにはなったけどな。――さっきグルメ地中海に問い合わせてみた。マルゲリータにだけは、ピーナッツの粉末を振りかけてあるそうだ。隠し味だとよ」

よりによって、そいつを選んでしまったわけだ。どこまでついていないのか……。

「パッケージをよく読め。材料の欄に、ちゃんとピーナッツも書いてあったぞ。ちっこい字だったけどな」

「ご面倒をかけました」

頭を下げた拍子に思い出した。たしか、退職届へのサインを強要されたはずだ。

用紙をテーブルの上に捜した。ところが、なくなっていた。よく見ると、それはいま市谷が手にしている。

「おれのだ。返せ」

市谷の方へ伸ばした手は、だが、和久井に遮《さえぎ》られた。

「いいんだ。たしかにいったんはおまえを辞めさせるつもりだったが、事情が変わった。ゲームに勝ったのは、五木、おまえだ」

「……どうしてですか」

「いいから、もうしばらくのあいだはおとなしく」和久井はテレビの方へ顎をしゃくった。「こいつを見物していろ」

ブラウン管の中では十ラウンド目が始まったところだった。

相手の左ガードが不十分だと見たのだろう、ペドロは、執拗に右のアッパーカットを安積の顔面に入れようとしている。だが動きは完全に読まれていた。

安積がフェイントをかけてから左フックを放った。そのパンチはペドロの横っ面《つら》に炸裂《さくれつ》した。フィリピン人のチャンピオンは膝から真下に崩れ落ちた。

セコンドに抱かれながら天井に向かってグローブを突き上げる安積の姿に、百万円の札束が重なった。これから先のことがまったく考えられなかった。

テレビを消すと、和久井は市谷と寒川の方へ向き直った。「手に持っている紙を破け」

「……いいんですか」

「早くしろ。破いたら屑籠《くずかご》に捨てろ」

二人は戸惑う様子を見せながらも、同じタイミングで縦に破き、紙片を重ねてからまた二つに引き裂いた。紙屑になった退職届は、寒川が市谷の分も回収し、隅に置かれた屑籠の方まで捨てに行った。

寒川が戻ってくるのを待ち、和久井は立ち上がった。「出掛けるぞ。ついて来い」

四人が一列になって倉庫から外へ出た。雨はもう上がっている。

市谷と寒川は、和久井が運転してきたワンボックスタイプのバンに乗り込んだ。古タイヤの運搬に使っている社用車だ。後部座席は取り払ってあるし、スロープも積載しているため、寒川は車椅子から降りる必要はなかった。

五木は自分の車で、その後をついていくことにした。

どこへ向かうつもりなのか。とりあえず、陵雲会の事務所と例の景品交換所以外なら、どこでもいい。負け金をどうやって返すか。その算段ができない以上、取り立て屋やノミ屋と顔を合わせるわけにはいかない。

ハンドルを握りながらずっと考えていた。いま倉庫で行なわれた一連の出来事には、どういう意味があったのか。サイコロゲームの正体は何だったのか……。

ワンボックスのバンがその鼻面《はなづら》を突っ込んだ先は、〈パチンコＰＬＵＳ〉の駐車場だった。

降りる気がせず、車の中に留まっていると、

「何をしている」

和久井がサイドウインドウを指の関節で叩き、出ろと促してきた。

景品交換所に連れていかれた。当然、和久井もムンディとは顔見知りだが、彼は事務所の中には入らず、通常の窓口に立った。通話用のインタホンを通して女ノミ屋と何事か話し始めたが、小声だから内容までは分からなかった。

しばらくして振り返った和久井は手に封筒を三つ持っていた。一つずつ、こちらに放り投げてよこす。

「何です？　これは」

「中身を見りゃ分かる。取っておけ」

こっちが受け取った封筒は、市谷や寒川の倍ほども厚みがあった。

二人を連れ、和久井が立ち去っていった。だが五木だけはその場に残り、二時間前にそうしたように、また従業員用の入り口に立った。

監視カメラを見上げ、人差し指の先を自分の顔に向ける。「この腫れなら気にするな。怪しいもんじゃない。おれだ。正真正銘、丑倉組の五木だ」

口に出して言ったが、マイクは設置されていないから、いまの声は中にいるムンディまで届いていない。案の定、ドアを開けた彼女は、眉を顰《ひそ》めながら好奇心丸出しの視線をこっちに向けてきた。

何か訊かれる前に言ってやった。「殴られたんだよ」

「誰にさ」

「ピーナッツ」

「そんな面白い冗談、初めて聞いたんだけど」

ムンディを押しのけるようにして、事務所に足を踏み入れた。「食い物には気をつけた方がいいぞ」

「どういう意味さ」

「何でもない」

「だけど驚いたね。あんたはとっくに、飛行機にでも飛び乗っているもんだとばっかり思っていたからさ。もう追い込み部隊は動いているってのに」

彼女が言うには、試合後、さっそく陵雲会の取り立て屋から、五木の居場所を知らないかと電話があったそうだ。

「それとも、できたのかい、返すあてが」

その問いには答えず、五木は、パチスロ用のメダルをポケットから取り出し、宙に放り投げた。手の甲で受け止め、空いた方の手で蓋をする。

「どっちだ？　あんたが当てたら一杯奢《おご》ろう。だが外れたら、おれに言うんだ」

「何をさ」

「さっき聞き損《そこ》ねたギャンブル必勝法とやらを」

小さく頷いたあと、ムンディは「表」と答えた。

手をどけた。木にとまった鳥のマークが、なぜか思いっきり羽ばたいているように見えた。

「ツキが変わったみたいだな」

メダルをポケットにしまいながら、さあ、教えてくれと目で促した。

「ギャンブルの必勝法ってのはね……」

——まるでツキのない奴を見つけて、

「まるでツキのない奴を見つけて」

——その逆を張ること。

「その逆を張ること」

ムンディの口にした言葉が、胸中で思ったとおりのものだったことを確かめてから、五木は、和久井から受け取ったばかりの封筒を彼女に差し出した。

「そのとおりのことを実行した人物がいる。ついさっきな」

封筒の中には、今晩作ってしまった借金を一発で帳消しにするだけの金が入っている。

丑倉組長。彼も一か八か今夜のタイトルマッチに賭けたのだ、「必勝法」で。

トラックにはねられた。手術が失敗した。建設資材が飛んできた——丑倉組には、運の悪い目に遭《あ》ったばかりの、まるでツキのない男が三人もいた。そいつらを集め、さらにその中で最もくすぶっている奴を、サイコロを使って見定めようとした。

そいつに今晩のタイトルマッチを予想させるために。

そして、その逆を張るために。

サイコロの「負け抜き戦」を制したのは市谷だった。その結果を覆《くつがえ》し、最も運に見放された奴としてこっちが選ばれたのは、ピザの一件があったからだろう。サイコロで負けるより、アレルギーで死にかける方がもっとツキがない。

市谷や寒川の封筒よりも、こっちのそれがずっと分厚かったのは、貢献度が高かったからというわけだ。

「そういえばさ」ムンディが細い煙草を銜えた。「もうすぐプロ野球の日本シリーズが始まるね。あんたの軍資金はいくらだい」

「これだけだ」

親指と人差し指でゼロを示す輪を作ってみせ、五木はノミ屋の女に背を向けた。

迷走

1

【悪路では前輪を浮かせ気味にして押すのがコツです。坂道を下る場合は後ろ向きになり、ハンドブレーキに指を添えながら】

そこまで活字を追ったところで、蓮川潤也《はすかわじゅんや》は目蓋《まぶた》を閉じた。携帯型読書ライトの弱い光では、すぐに目が疲れてしまう。

もうしばらく読み続けるか、それとも今日はここでやめておくか。迷いながら目頭を揉《も》んでいると、

「そこへ寄れ」

仕切りを隔てた前方の隊長席で、室伏光雄《むろふしみつお》の声がした。

「了解」

運転席で永野《ながの》が答える。ハンドルが右に切られ、車はすぐに停止した。

どこへ寄ったのか。蓮川は目を開けた。

外を見やるまでもなかった。フロントガラスを通して入ってくる光の量から、コンビ

ニの前にいるのだと見当がついた。この地方都市で、夜の九時台にここまで照明を強くしている場所は、そう多くない。

「待ってろ」

室伏が車から降りた。店内に入って行く。

「何を買いに行ったんですか、隊長は？」

蓮川はバックミラーを介して永野に訊《き》いた。

「何を……って。パンとかおにぎりだろ。要するに晩飯《めし》さ、ぼくらの」

どうしてそんな分かりきった質問をする？　といった口調で答えたあと、永野はすぐに、ああ、と独り頷き、付け加えた。

「そういえば、蓮川くんは今日が初めてだったんだね、室伏隊長と組むのは」

「ええ」

義父になる男との出場。それは何か月か待って、ようやく訪れた機会だった。

「財布を出す必要はないよ。隊長の奢《おご》りだ。ご馳走《ちそう》になっておけばいいさ」

「そうですか」

「ところでさ、どう思う」

「何がです」

訊き返すと、永野は退屈そうにハンドルを握ったり放したりしながら、「あの婆さんだよ」と答えた。

たったいま病院に引き渡してきた老女のことらしい。

通報によれば意識不明のはずだった。ところが駆けつけてみると、彼女は自宅の門から自分の足で歩いて出てきた。車内では延々と世間話を始める始末だった。

「まあ、あの程度で驚いてたら、この仕事は勤まらないけどね。まだまだとんでもないのが、いっぱいいるから」

たしかにそのとおりだ。病院に財布を置いてきた医者が、急な腹痛に見舞われたふりをして救急車を呼び、取りに戻ろうとした。最近ではそんな事例まである。

「あれっ?」永野はだしぬけに声をあげると、ミラーに顔を近づけた。「蓮川くん、ちょっとこっちに来てみなよ」

蓮川は持っていた本を閉じた。表紙が目に入る。『これであんしんの車椅子介助』。タイトルもどうかと思うが、もっと気に入らないのはイラストだ。センスがなさすぎる。本屋でカバーをかけてもらえばよかった。

そんなことを考えながら、患者室のシートから腰を浮かし、頭だけを運転席へ突っ込むようにした。

すると永野が振り返り、眼鏡のレンズ越しに、こちらの胸元あたりに視線を当ててきた。

「やっぱりだ。取れちゃうよ」

蓮川は顎《あご》を引き、自分が着ている救急服を見下ろしてみた。そうして初めて、上から二番目のボタンが、糸一本だけでぶら下がった状態になっているのを知った。

こうなった理由については、すぐに見当がついた。ボタン部分の裏側に縫い付けてあるお守りを、しょっちゅう握り締めていたせいだ。ちょうど、甲子園のバッターボックスに立った高校生がよくやるように。

しかし妙なこともあるものだ。そうやって少しずつ服に与えてきたダメージが、いまごろになって表に出てくるとは。ここに手を触れなくなってから、もう二か月ぐらい経つはずなのだが……。

「ま、放っとけばいいさ。あと一週間もすれば、佳奈《かな》ちゃんに付けてもらえるんだから」

「自分で直しますよ、このぐらい」

「遠慮しないで、新妻に頼みなって。ところでお婿さん、挙式の準備は万全なの？」

「ええ、一応は」

「老婆心ながら、先輩として言わせてもらえばね、夫婦円満の秘訣は、隠し事をしない、これに尽きるね」

「してませんよ。一切」

一年前、消防職員の家族が集まるイベントで、室伏佳奈に出会って以来、彼女にはどんなことでも打ち明けてきた。半年前の交通事故で、佳奈が車椅子に座るようになってからも、その点に何ら変わりはない。

「そうかい。ま、何にしても、蓮川くんはいいよね。三十三年間の独身生活にピリオドを打てるんだから。反対に、花嫁の父親ってのは辛いんだろうな、やっぱり」

「そうでしょうかね」

「そうだよ。――ねえ、賭けでもやろうか?」

「どんな」

「隊長が結婚式のときに泣くかどうか」

蓮川は軽く首を振り、やめときます、の意思表示をしてから、店内へ目を向けた。

室伏はもうレジの前に立っていた。店員がバーコードの読み取り機をかざしているのは、なるほど永野の言ったとおり、おにぎりやらサンドイッチやらの類《たぐい》だ。

「飯を買うんだったら、そう言ってくれればよかったのに」蓮川は話題を元に戻した。

「おれの仕事ですよ、使い走りは」

「いや、隊長はね、こういう場合はいつも黙っているんだよ。――ほら、挿管《そうかん》の一件は、蓮川くんも聞いてるだろ」

「ええ」

何年か前のことだ。工事現場で重傷を負った患者が、救急車の中で突然嘔吐《おうと》し、心肺停止状態に陥った。

早急に気道を確保する必要があり、室伏は気管内挿管を実施した。

この行為が法律違反に問われた。当時はまだ、気管に呼吸チューブを入れる処置が、救急救命士に認められていなかったからだ。

許されていたのは、チューブを気管の入り口部で止《とど》めるか、あるいは食道を塞《ふさ》いで胃の方へ空気が行かないようにする方法ぐらいだった。

だが患者が嘔吐している場合、そうした手段では、戻したものが肺に入り込む危険性があった。だから室伏は、敢えて法律を犯したのだ。

このとき彼は、他の隊員には一切相談せずに、黙ったまま全ての作業を単独で進めた。責任を自分一人で負うためにだ。

「あれと同じだよ。規則違反に部下を巻き込みたくないのさ。うちじゃあ、まだご法度《はっと》だからね、こういうことは」

出場中の救急隊員に、売店への立ち寄りを許している自治体もあるらしい。だが、この垣沼《かきぬま》市消防本部の規則はそこまで寛大ではなかった。

「あの件で、何か処分を受けたんですか、隊長は？」

「うん。訓告をね。ついでにいくらか減給もされたよ」

「患者の方はどうなりました？」

助かった、と永野が答えると同時に、室伏が店から出てきた。

彼は隊長席に戻ると、レジ袋からおにぎりを二つばかり取り出し、永野の膝《ひざ》に放り投げた。続いて体を後ろに捻《ひね》り、

「ほら」

こちらにも差し出してきた。四十年近く、消防官として人の体を抱え続けてきた室伏の上腕部は、長袖の上からでも筋肉のつき方が分かるほど太い。

「じゃ、帰りましょう」

永野がエンジンをかけ、アクセルを踏んだ。前方に見えるものが、コンビニの建物から県道沿いの夜景へと変わった。

隊長席と運転席の間にあるコンソールで、消防無線のアラームが鳴ったのは、蓮川がおにぎりのセロファンを剝がそうとしたときだった。

《垣沼救急本部より救急南１へ》

室伏がマイクを手にした。

「こちら救急南1。垣沼救急本部どうぞ」

《加害事故発生です。現場は垣沼駅東側の屋外コインロッカー前。被害者は五十代と思われる男性。腹部を刺され、出血の模様。加害者は逃走しています。——救急南１、そ

こから現場へ行けませんか？》

「了解。これより出場します」

室伏がマイクを戻すと同時に、永野がサイレンのスイッチを入れ、アクセルを踏み込んだ。

蓮川は、おにぎりを網棚の上に置き、空いた手で、シートの背凭《せもた》れにかけておいた感染防護衣をつかんだ。それを救急服の上からまとい、ヘルメットを被《かぶ》り、ゴーグルも装着する。

現場に到着するまで三分もかからなかった。

コインロッカーの前には、円を描くようにして人だかりができていた。その円の中心に向かって、何人かが携帯電話のカメラを構えている。

駅前交番から駆けつけたのだろう、制服警官が動き回っている様子も、車の中から確認できた。

室伏が先に車を降りた。蓮川は野次馬を掻き分けながら、彼の背中を追いかけた。

そこに倒れていた被害者の男は、体を縮め、顎だけを前に突き出していた。溺れかけた者が水面に顔を覗《のぞ》かせてそうするように、荒い息を小刻みにつないでいる。年齢は五十代も後半のようだ。

男が着ている白いワイシャツは、右の脇腹部分が赤黒く染まっていた。凶器と思われるナイフは、彼のすぐそばに転がったままだ。

もうひとつ目を引いたのは、男が手に持っている背広だった。襟に銀色のバッジがついている。菊の花びらをあしらったその意匠《いしょう》には、おぼろげながら見覚えがあった。何のマークだった？　県か市の議員章か。違う。弁護士のそれでもない……。

思い出せなかった。

代わりに、被害者の顔を覗き込んだ室伏が、表情を一瞬だけ険しくしたことに、蓮川は気づいた。

そして被害者の男もまた、室伏に目を向けたとき、苦痛を忘れたかのように、はっと顔を強張《こわば》らせた。

「知り合いですか？」

小声で訊《たず》ねると、室伏はわずかに顎を引いた。

2

「赤十字も厚生会もアウトです」

永野は携帯電話での通話を終えると、室伏の耳元にそう囁《ささや》いた。

「満床《まんしょう》か」

訊き返す室伏もまた、声を潜めている。

「はい」

「他の病院はどうだった」

「県立医大なら空きがありました。ですが、外科医が外出中です」

「戻りは何時になる」

「十時半の予定です。それまでには必ず帰って来るようなんですけど……」

「他にどこだ。空いてるのは」

「済慈《さいじ》会です。こっちには外科医も詰めています」

「だったら決まりだな」室伏は無線機に腕を伸ばした。

「いえ、それが別の手術中でして、いまは手が離せないそうです」

マイクを取り上げる寸前で、室伏は動きを止めた。

「他に医者はいないのか、済慈会には」

「ええ。なんでも、ついさっきまで、外部から応援に来たドクターが一人いたらしいんですけど——」永野は中指で眼鏡を押し上げた。「たったいま帰ってしまったそうです」

「手術はどれぐらいで終わるんだ?」

「あと二十分ぐらいかかるようです」

「ぐらいか」

「ぐらいです。定かではありません。県立医大にしても、済慈会にしても、受け入れ準備が整い次第、電話をよこすそうです」

「開業医はどうだ。誰かこっちに来られないか」

「駄目です。近くの外科医に片っ端からあたりましたが、みな断られました」

病院交渉の結果を室伏に伝える永野の声には、苛立ちよりも諦めの方が強く出ているようだった。

救急搬送時の病院たらいまわし。最近よくマスコミに取り上げられるようになったその問題は、ここ垣沼市や周辺の自治体でも頻繁に起きている。だいぶ前からだ。

いまは、ちょうど午後十時だった。被害者を車内に収容してから、もう十五分ほど経っている。

外に目をやると、また新たな赤い回転灯が近づいてくるところだった。警察の車両が臨場するのは、これで四台目だ。

蓮川はストレッチャーに視線を移した。そこに横たわった男は、天井に顔を向け、いまも口をぱくつかせるようにして息をしている。

傷の程度から言えば、それはいくらか大袈裟《おおげさ》な呼吸の仕方だった。おそらく、血を見たせいで気が動転しているのだろう。少し前から点滴を始めているが、左腕に太い針を留置されていることにすら気づいていないのかもしれない。

その男が視線を真上に向けたまま口を開いた。

「もつのか？」

「もつって……何がです？」

蓮川が訊き返すと、

「これだよ」男はナイフで刺された部分を指差した。「この傷だ。二十分も三十分ももつのか。そんなに待ってて、大丈夫なのか」

動転した様子を見せる反面、彼は、室伏と永野のやりとりに、しっかりと聞き耳を立てていたようだ。

「ええ。大丈夫ですから、少し落ち着いてください」

「どうやって落ち着けっていうんだ。受け入れる病院がないんだぞ」

「とにかく問題ありません。傷は浅いですし、手当ては万全ですから」

そう答えた口調に、やや動揺が混じってしまったかもしれない。

たしかに、消防本部に詰めている当番医から指示を受けつつ、やれる処置はみなやった。だが、搬送先が見つからないとなれば、そう安心してもいられない。

と、患者の男はふいに、首だけ捻《ねじ》るようにして声を張り上げた。

「なあ、室伏さんよ」

無線で本部に現状を伝えていた室伏が、こちらを振り向いた。

「増原《ますばら》に電話してくれ。増原和成《かずなり》だ。あの医者だったら、おれの手当てをしてくれる」

増原和成——。その名前がいきなり出てくるとは予想もしなかった。この患者は、室伏だけでなく、あの開業医とも面識があったのか。

軽く驚きながら蓮川が見つめたのは、しかし患者の男ではなく、室伏の顔だった。娘を車椅子に座らせた男の名前を耳にして、いま、彼の胸裏にはどんな感情が生まれているのか。それが気になったからだ。

その室伏は、いったん無線での通話を中断し、運転席の永野に顔を向けた。

「さっき『近くの外科医に片っ端からあたった』と言ったな」

「……はい」

「増原にもか?」

室伏の表情にはまったく変化が見られなかった。

「……いえ、……外しました」

「おれに下手な遠慮はするな」

すみません、と口ごもる永野を横目に、室伏は、携帯電話のストラップに手をかけると、それを首から外し、

「蓮川」

こちらに差し出してきた。ほら、というように軽く振ってみせる。

蓮川は、ラテックスグローブを嵌《は》めたままの手で、それを受け取った。

「そいつで増原の携帯にかけてくれ。番号は登録してある」

「でも、あいつは――」

蓮川は、自分の表情こそが不自然に硬くなっていくのを感じた。

「いいからかけろ」

言い置いて、室伏は再び無線のマイクと向き合い始めた。

了解、と彼の背中に返事をしてから、蓮川はマスクの紐《ひも》を片方だけ外し、登録されていた番号を呼び出した。

《はい、増原ですが》

痩《や》せ型のわりには野太いその声を聞くのは、久しぶりだった。仕事柄、市内の外科医とは年中顔を合わせているが、この男だけは、しばらく前から例外になっている。向こうが避けているせいだ。

「消防の蓮川です」

《どうも》

応答があるまで、一瞬の間《ま》があった。少し狼狽《ろうばい》したようだ。佳奈が誰と所帯を持つことになったのか、彼の耳にも情報は入っているらしい。

用件を切り出そうとすると、

《あれ、ところでさ》

増原に先を越されてしまった。

《おたく、西分署の人じゃなかったっけ？　異動でもしたの？》

「南分署」か、それとも「ミナミブンショ」か。いま増原の携帯に出ている着信表示を、ちらりと頭の片隅で想像しながら、蓮川は早口で答えた。

「分署間のローテーション乗務ってやつですよ。しばらく前から週に一度は南で勤務しています」

義父になる男の仕事ぶりに興味があって自分からそこを志願したことまでは、この相手に言う必要はないだろう。

《あ、そうなの》

「ところで、これからあなたの病院に、患者の受け入れをお願いできませんか。そうでなければ、あなた自身にここまで来てもらいたいんですけど」

《どっちも無理ですね》

「なぜです」

《あいにくと、いま出先にいましてね。いろいろと忙しいんですよ、わたしも》

《わたしも》の声に、キュキュッという小気味のいい音が被さった。自動車のロックをリモコンで解除したときの音のように聞こえた。

「いま車に乗るところですね。家に帰るんですか、自分で運転して」

《関係ないでしょうが、そんなことは》

「どうなんだ、増原の都合は？」

患者の男が、顔を斜めに傾け、そう訊いてきた。彼と視線を合わせるのは、これが初めてだった。

増原とこの男。どっちの相手をしたものか一瞬迷う。すると男が続けた。

「おれの名前を出せ。そうすりゃ増原はすっ飛んでくる」

その言葉に、蓮川は携帯を耳から離した。

だが、男に名前を訊ねようとした矢先に、本部との連絡を終えた室伏が手を伸ばしてきたため、結局、その手に携帯を返すことになった。

「室伏です」

さらにうろたえる増原の表情が、容易に想像された。

「……いいえ、違います。その話ではありません」

やはり増原は、佳奈の件で何か言われるものだと早合点したようだ。

「増原さん、どうしても無理ですか。患者が葛井《くずい》さんでも？」

（葛井——だと）

その苗字を耳にし、蓮川は患者の顔に再び目を向けた。

（この男が、葛井なのか）

目、鼻、口。造作の一つ一つを凝視しているうちに、先ほど目にした背広のバッジが何だったのかが、ようやく思い出された。秋霜烈日章《しゅうそうれつじつしょう》——検察庁のマークだ。

「増原さん、いまどこにいるんです？」

通話中の室伏に、蓮川は顔を寄せた。本当に、あの葛井なんですね。そう目で確かめてみる。

室伏は、その問いかけを瞬《まばた》きで肯定してから、携帯を軽く握り直した。

「……病院から出たところ、ですか。どこの病院からです？　……そうですか。……もしもし。……もしもし、増原さん」

どうやら通話が途絶えてしまったらしい。バツの悪さに耐えられなくなったせいだろう、増原が一方的に切ってしまったようだ。

室伏は微《かす》かに眉根を寄せた。手には携帯を握りしめたままだが、腕を下ろしたところを見ると、再びかけ直す気はないようだった。

ストレッチャーの上では、増原から見捨てられた形になった葛井が、口を半開きにしたまま言葉を失っている。

いま何よりも気になるこの男の素性を、しかしいったん意識の外に追いやり、蓮川は、これまでに得た情報をさらってみた。

（結局、二択か）

患者の搬送先は、県立医大か済慈会病院のどちらかしかない。両者の所在地は、ここからだと正反対の方角になる。しかし距離はほとんど同じだ。

問題は医者だった。どちらが早くスタンバイできるのか。

県立医大は三十分後だ。遅い。だがこれは確実だという。

一方、済慈会は二十分後だ。早い。だがこちらは定かではない。

一長一短だ。隊長はどんな判断を下すつもりなのか……。

その室伏は永野へ命じた。

「車を出せ。済慈会だ」

「待ってください」永野が渋い表情で振り返った。「見込みで動いたら、かえって治療が遅れてしまいます。まずは、ここでじっと待って、済慈会と県立医大のうち、先に受け入れＯＫの連絡をよこした方へ搬送するのが無難だと思いますが」

蓮川の考えも永野と同じだった。

「出せ」

繰り返した室伏の口調には迷いがなかった。

おそらく彼は、経験で培《つちか》った勘といったものを、しっかりと持っているのだろう。こういう場合は済慈会病院の方が先に空く。そう直感で分かるのかもしれない。

「……了解です」

永野がアクセルを踏み、再びサイレンのスイッチを入れた。

「蓮川、ここは任せる。何かあったら知らせろ」

そう言って室伏は、患者室から隊長席へと移動した。そしてシートに腰を下ろすと、握りしめていた携帯をまた耳に当て始める。

蓮川は、ストレッチャーを斜め上から見下ろしつつ、口を開いた。

「葛井さん、ですよね」

男が発した、ああ、という返事は、声というより呻《うめ》きに近かった。

「どうですか。痛みますか」

「少しな」

短く答えたあと、葛井は顎を引き、頭部を少し持ち上げた。そうやって自分の脇腹に、恐る恐るといった視線を送る。

「葛井さんは、地検の方ですね」

おれを知っているのか？　という顔をする相手に、蓮川は重ねて言った。

「背広のバッジを見たんです。色が銀でしたから副検事さんということでしょうか」

葛井は鼻からふっと息を出した。「詳しいな」

「ええ、まあ。――ところで顔を見たんですか、あなたを刺した犯人の」

「見た」

「だったら捕まるのは時間の問題ですね。もしかして、その犯人に心当たりがあるとか?」

「ある」

「誰です」

「ただのチンピラだ。何年か前に、おれが起訴した奴だよ」

「すると、いわゆる逆恨みってやつですね、あなたを刺した動機は。なるほど検察官も大変だ。うっかり出歩くこともできやしない」

葛井が顔をしかめた。痛いからではなく、こちらの言うことが耳障りだからだろう。

「うるさいから少し静かにしてくれ。そうおっしゃりたいんでしょう。――でも、もうしばらくは喋らせてもらいますよ」

蓮川は両手から、それまで嵌めていたラテックスグローブを取り去った。

「怪我を負った患者さんというのは、救急車の中で、眠り込んだり意識を失ったりすると、往々にして容態が悪くなってしまうんです。傷の程度によっては、そのままスーッとお亡くなりになってしまう場合もあります」

患者にしてみれば脅《おど》しとも取れる言葉だった。そうした台詞《せりふ》が、わりとすんなり口をついて出たことで、逆に、いま自分が葛井を前にして、どんな気持ちになっているのかがよく分かった。

「ですから、病院に到着するまで、患者さんにはちゃんと起きてててもらわなくちゃいけません。そこで我々救急隊員は、思いついたことを、片っ端からどんどん話しかけたりするんですよ。少しばかり迷惑がられたとしてもです。まあ、これも大事な仕事の一つなんですね」

用済みになったグローブをディスポーザーめがけて放り投げたあと、蓮川は窓の外へ目を向けた。

こちらを通すために路肩に寄っていた車が、次々とまた動き始めている。

「そういうわけですから、たとえ耳障りでも、あとしばらくは、わたしの話に付き合ってもらいましょうか」

葛井は観念したように、長く息を吐き出した。

この場所から済慈会病院までは七、八キロの距離があるが、いまの時間帯なら五分とかからないだろう。あっという間だ。ぐずぐずしている暇はない。蓮川は続けた。

「葛井さん、教えてください。ただのチンピラを起訴しておいて、どうして増原を見逃したんですか」

葛井が再び頭を持ち上げた。今度は自分の腹ではなく、こちらの顔へ視線を合わせてくる。

誰なんだ、おまえは――その問いかけが彼の口から出てくる前に、蓮川は言葉を継いだ。

「検察官と同じで、救急隊員の仕事も、そりゃあなかなか忙しいもんですよ。とはいっても、患者を病院に運んだあと、署に戻るまでのあいだだけは、少し余裕ができるんです。わたしはですね、葛井さん、そんな隙間時間を利用して――」

蓮川は、サイドシートの上に置いたままにしていた本を取り上げた。『これであんしんの車椅子介助』。その表紙が葛井の目に入るように掲げてみせる。

「これを読んでいるんですよ。妻のためにね」

そこまで言ったあと、隊長席を窺《うかが》ってみた。

室伏は携帯電話を使っている。そのため片耳は塞がっていた。だが、もしかしたらもう片方で、こちらのやりとりを聞いているのかもしれない。するとあるいは、口を慎《つつし》むようたしなめてくることも考えられた。

(それならそれでいい)

制止されるまで、葛井には言いたいことを言ってやる。半年前に幼稚園脇の市道で起きた交通事故。その担当副検事が、身動きがとれない状態で目の前にいるのだ。この機会を逃す手はない。

葛井もまた、こちらの顔を凝視したあと、隊長席の方へ首を捻った。

「あんたら、義理の親子ってわけか」

「いまはまだ違いますよ。近いうちにそうなりますけど」

葛井の表情が険しくなった。当然の反応だろう。厄介な人間が一人増えたのだから。

「妻の事故については、わたしもあれこれ調べています。ですから、加害者に不起訴の処分を下した担当者の名前も、もちろん知っています。――葛井さん、もう一度訊きますよ。どうして増原を見逃してやったんです。理由を教えてもらえませんか」

「決まってるだろう。被害者の方に責任があったからだ。自転車に乗っていたあんたの婚約者が、車道にはみ出したのが悪いんだよ」

「しかたがないでしょう。いきなり目の前に子供が飛び出してきたんですから。――まあ、それはいったん置いておきましょうか。その飛び出してきた子供は、こんなふうに言ってますよね。『車の運転手は、自転車に追突する前から、目をつぶっていた』って。その証言をどうして無視したんです」

「証言だ？　あの子供が何歳なのか知ってるだろうが。五つだぞ。幼稚園児の言うことなんぞ、どこまであてになる」

そう言ったあと、葛井は、呻き声とともに顔をしかめた。

「なるほど。じゃあ、また質問を変えましょうかね」

蓮川は、やや口調を荒らげた。大袈裟に痛がれば、この話を切り上げられるだろう

――そんな見通しが、いかに甘いかを思い知らせてやるためにだ。

「増原の病気については調べたんですか」

「……分からんな。何のことだ」

「増原はときどき、胸を押さえて苦しそうな顔をしている――そういう証言を、こっちは得てます。彼の病院に勤めている看護師からです。だとしたら、あの医者は何か病気でも抱えているのかもしれません。たぶん心臓あたりに」

「さあな。そんな話は初耳だ」

「それはそうでしょう。増原としては当然隠そうとしますよ。心臓に爆弾を抱えた医者に、患者が寄り付くはずがありませんからね。彼は自分で手に入れた薬を服用して、なんとか症状を抑えているんでしょう」

「かもな」

葛井はまた鼻息を、今度は気怠《けだる》そうに長く漏らした。その鼻息に、蓮川は言葉を被せた。

「増原が佳奈を撥《は》ねたのは、あのとき軽い発作でも起こしていたからじゃないんですか。だとしたら、大部分の過失は増原の方にある、ってことになりますよね」

「しつこいな。そんな証拠はないんだよ」

「健康診断書はどうです。医者だって健診を受けてるでしょう。だったらどこかに書類ダがあるはずだ。そのあたりを調べてください」

「断る。もう終わった件だ」

「そうですか。でも、こっちだって泣き寝入りはしませんよ。いずれ検察審査会に訴えます。必要があれば、地検のお偉方に上申書も出しますよ。あなたを担当から外すように、ってね」

そう言って蓮川は葛井から顔をそむけた。

葛井の発した「勝手にしろ」の台詞を背中で聞きながら、外の様子を窺ってみると、前方に大きな交差点が見えていた。そこを左折すれば、ほどなくして済慈会病院の建物が現れる。

と、そのとき、靴が何かを踏んだ気がした。見ると、床にボタンが落ちていた。

防護衣の裾から手を入れ、下に着ている救急服の胸元を触ってみる。案の定、上から二番目のそれが無くなっていた。

ボタンを拾い上げながら、蓮川は、裏地に縫い付けたお守りを思った。

子供のころ、救急車のサイレンを聞けば、必ず道端に飛び出していった。あの車に乗る人になりたいと思った。

夢は実現し、こうして救急隊員になってから、もう十年近くになる。それだけのあいだ、よくもまあ、こんなものを握り続けてきたものだ。現場に出向き、患者を前にするたび、その無事を祈って……。

そんな殊勝さは、いまの自分には残っていない。

消防の人員は常に不足気味だ。反対に、出場要請はひっきりなしに入ってくる。タクシー代わりの不正利用も後を絶たない。二十四時間の勤務はたいてい仮眠なし。食事をとる暇もない。そうかといって休みを取っていたら救急車が動かない。

呼ばれて、出かけ、運び入れ、届ける。

燃え尽きないためには、それだけを淡々とこなすことだ。余計なエネルギーは一切使わない方がいい。いちいち他人の無事など祈っていたら、疲れてこっちが潰れてしまう……。

済慈会病院の建物が近づいてきた。

正門から敷地に入る前に、永野がサイレンのスイッチを切った。

すると室伏が、携帯電話を耳に当てたまま言った。「鳴らしておけ」

「は?」

「サイレンだ。消すな」

「え、でも、なぜ……」

蓮川も室伏の考えが理解できなかった。サイレンは病院の正門をくぐる前に消すのが通例だ。就寝中の入院患者を起こさないためにも、また、彼らに余計な不安を与えないためにも、そうすることが望ましかった。

「いいから鳴らせ」

「……了解」

永野がスイッチを入れ直した。続いて、その手をハンドルに戻し、救急患者専用の搬入口に向かって進路を取ろうとする。

「待て。駐車場へ行け」

室伏の口から出てきたのは、またしても不可解な指示だった。

は？　の形に口を開けながら、それでも永野は、右に切りかけていたハンドルを反対の方向へ回し、病院の南側に位置する外来者用の駐車場へと車を進入させた。

「ぐるっと回れ」

そう続いた室伏の命令に、蓮川は中腰になり、横の窓へ顔を寄せてみた。

百台分ほどのスペースを持つ駐車場は、夜間ながら半分ほどが埋まっている。

首を傾け、建物の方へ目を転じると、懸念していたとおり、病棟の窓に次々と明かりが灯《とも》っていくところだった。

やがて警備員の詰所から、制服を着た男が二名ばかり姿を現した。だが二人とも、次にとるべき行動を考えあぐねている様子だった。無理もない。何しろ相手はれっきとした救急車だ。おいそれと制止するわけにもいかないのだろう。

場内をぐるりと一周し、いまだに思案顔を元に戻せないでいる警備員たちの前を通過すると、室伏がまた永野に命じた。

「出ろ」

「どういう意味ですか？」

「この病院から出るんだ」

3

フロントガラスの向こう側に交差点が迫ってきた。

済慈会病院の正門から数十メートル西へ進んだこの地点は、常に車の流れが悪かった。あと二時間もしないうちに日付が変わるという時間帯だが、いまも前方にはテールランプが何台分か連なっている。

「右折しろ」

室伏が進路として指示したのは、商店街へと向かう道路だった。

永野がハンドルを切る前に、蓮川は立ち上がった。室伏の背後から声をかけてみる。

「どこへ行くんですか」

室伏は答えず、ただサイドウインドウの外側へ視線をやっている。完全にこちらから顔をそむけている形だ。

「隊長、なぜ済慈会から出たんです?」

《緊急車両が交差点に入ります。ご注意ください》

沈黙を続ける室伏の横で、永野がアナウンスのボタンを押し、それほど減速させることなく、車を赤信号へ進入させた。

「さっき病院の駐車場を一回りしましたよね。あれに何か意味があったんですか」

質問を変えてみたが、これも無視された。

「サイレンを高くしろ」

室伏が相手にするのは、車を操《あやつ》る永野だけだ。

その永野がサイレンのアンプをいじった。「住宅地モード」の規制を外したようだ。外のスピーカーから出ている音に、いままでカットされていた音域が加わった。消音装置が作動している車内にいながら、その変化がはっきり分かったのは、永野が音量自体をも上げたせいだろう。

「そこの路地を左だ」

命じる室伏は、いまだに携帯を耳から離さずにいた。蓮川には、それが気になった。

いったい誰と話をしている? いや、そもそもこれが通話と言えるのか。端末を耳に当ててこそいるが、先ほどから室伏は、一言も送話口に向かって喋ってはいないようだ。

「おい」

突然の声に振り返ると、ストレッチャーに横たわった葛井は、一転して不安げな表情を顔に浮かべていた。どうした？　何があった？　細かく揺れる黒目がそう問いかけている。

「何でもありません」

「嘘をつけ。おれをどこへ連れて行くつもりだ」

「どこへって、もちろん医者のいるところへですよ」

「だったらなんで、いったん入った病院から、わざわざ外に出た」

「それは……。しょうがないでしょう。あの済慈会病院からは、まだ受け入れＯＫの返事が来ていないんですから」

「だからって、また道路を走ることはないだろう」

たしかに葛井の言うとおりだ。せっかく病院の敷地内へ乗り入れたのなら、受け入れ準備が整うまで、救急入口に車をつけ、じっと待機していればよかったのだ。

「……たぶん隊長は、他の病院に搬送することにしたんでしょう」

「本当か？　室伏は、おれをどうにかするつもりでいるんじゃないのか」

「そんな心配しないでください」

蓮川は、葛井の視線を振り切るようにして、前方へ顔を戻した。

車はいつの間にか、再び、済慈会病院の正門に続く道路を走っていた。右折、左折を繰り返し、細い路地を縫うように進んだ結果、病院の周囲をぐるりと一周した格好になっている。

と、車内電話が鳴った。蓮川は受話器に飛びついた。

《済慈会病院です》医者か看護師か分からないが、女性の声だった。《急患受け入れの準備ができました》

「了解です！」

声を張り上げ、車内の時計へ目を向けた。午後十時十五分だった。手術は予定より少し早く終わったようだ。

「すぐに搬送します」

やはり室伏の勘は当たっていた。長年の経験というものに敬意を覚えながら、いま耳にした内容を室伏と永野、そして葛井に伝えた。

《ところで》女性の声が急に尖《とが》った。《さっきのあれ、どういうつもりなの》

「は？」

《サイレン鳴らしたまま駐車場を走り回ったの、そちらでしょ》

すみません、ちょっと事情がありまして――。言葉を濁し、受話器をフックに戻したときには、済慈会病院の正門がまた、すぐ右手の位置まで来ていた。

永野が右折のウインカーを出す。

「引っ込めろ」室伏が言った。「直進だ」

「なぜですかっ」永野が珍しく声を張り上げた。「いま聞いたでしょう。もう来ていい。そう言ってるんですよ、済慈会は」

「永野、おれは直進しろと言ってるんだ」

ウインカーを戻す永野の手が小刻みに震えるのを目にしながら、蓮川は額の脂汗を指先で拭《ぬぐ》った。室伏の出方は、ある程度予想していたものだった。だが、実際そのとおりになったとき、こうまで自分が困惑するとは、考えてもみなかった。

葛井もまた、同じ種類の汗をかき始めているに違いない。ストレッチャーから聞こえてくる息遣いが、喘《あえ》ぎ声に近いものへと変わりつつある。

例の「渋滞交差点」まで来ると、室伏は再び右折の指示を出した。だが、その次の曲がり角では、さらに右折するよう永野に命じた。先ほどとは違う道だ。

蓮川が室伏から手招きされたのは、もう一度額の汗を拭ったときだった。

隊長席のすぐ後ろに立つと、しゃがめ、と指示された。

蓮川が腰を折ったとたんに、室伏は、それまで自分の耳から離そうとしなかった携帯電話を、こちらの左耳に押し当ててきた。端末はだいぶ温まっていた。室伏の体温も加わっているせいか、熱いほどに感じた。

「おまえが持て」

その言葉に従うと、入れ違いに室伏は手を離した。

受話口からは何の音も聞こえてこなかった。しかし、この携帯が別の電話と繋がっているることは間違いない。通話に伴う静かなノイズが鼓膜に伝わってくるからだ。

「どこに繋がっているんですか、これ」

「余計なことは考えるな。おまえはただ、おれがいいと言うまで、それを耳から離さないようにしていろ。もし何か聞こえたら知らせるんだ」

訳が分からないままに、蓮川は頷いた。とはいえ、ずっと片手をふさがれた状態では何をするにも差し障りがある。

「ヘッドセットを使ってもいいですか」

「駄目だ。雑音が入る」

たしかに、この救急車に装備されているヘッドセットを使うと、音声が割れて聞こえる場合があった。プラグの部分が劣化しているせいだ。

「手で持ってろ」

蓮川がもう一度頷いたとき、背後から、

「なあ、室伏さんよ」

葛井が再び、そう呼びかけてきた。

「あんた、勘違いしてるよ。あんたの娘を撥ねたのは、おれじゃない。増原だ。あんたが憎いのは、あの医者のはずだ。だったらこれこそ、とんだ逆恨みってもんだろうが」

「右折しろ」

葛井の存在を完全に無視したその言葉は、車を三度《みたび》、済慈会病院の正門に通じる道路へと導いた。

そして、やはり今回も室伏は、病院前を素通りするよう永野に命じた。

感染防護衣の裾が引っ張られるのを蓮川が感じたのは、その直後だった。

振り返ると、葛井は裾を握ったまま言った。

「取り引きしないか」

蓮川はいったん葛井の顔から視線を外した。

そうして考えを巡らせてみたが、いま聞いた言葉の意味は、やはり理解できなかった。

もし片方の耳が携帯でふさがれておらず、他の何事にも気を取られることがなかったとしても、それは同じだろう。

葛井に視線を戻して訊いた。「どういう意味ですか、取り引きって」

「あんたが、室伏さんを説得してくれ。病院へ行くように。そしたらおれは、あの外科医を起訴してやろうじゃないか」

葛井の目は笑っていない。唇もそうだ。いま目の前にあるのは、人が冗談を言うときの顔ではなかった。

「検察審査会が起訴しろと言ってくれれば、おれはそれに従ってやる。だから早く病院へ――」

「葛井さん」

蓮川は途中で遮《さえぎ》り、防護衣を摑む彼の指に自分の手を添えた。

「『取り引き』なんて言葉が、どうして出てくるんですか」

そう言いながら感じたのは、一種の澄明《ちょうめい》さだった。それまで視界を覆っていた紗幕《しゃまく》のようなものが、きれいに取り払われた。そんな気がしたのだ。

そう、「取り引き」だ。不起訴の理由を、これ以上すっきりと解き明かしてくれる言葉はない。

そっと葛井の指を払いのけると、クリアになった脳裏《のうり》に一転、今度は、何かが熱く煮え立つような感覚が芽生え始めた。

声が震えそうになるのを抑えつつ、蓮川は続けた。

「さっき増原は、一方的に電話を切りました。隊長が『葛井』って名前を出したとたんにね」

葛井の喉仏が大きく動いた。

「忙しいから？　それとも、もうあなたとは関わり合いを持ちたくないと思ったから？」

葛井が舌の先で唇を舐《な》めた。何か言おうとしている。

蓮川は先に言葉を重ねた。

「もう一度だけ訊きます。なぜ不起訴にしたんですか。――もしかして、あなたと増原のあいだにも、あったからじゃないんですか」

「……何がだ。何があったってんだ」

いま耳に当てている携帯を、この男に投げつけてやろうか。そんな衝動に駆られる。

「『取り引き』だよ、あんたお得意の」

語気を強めて言い放った。

葛井がストレッチャーから上半身を起こした。黄ばんだ歯を剝《む》き出している。だが言葉は出てこない。

「見逃してやる代わりに、袖の下を受け取る。――そういう取り引きだよ」

葛井の顔が青ざめたように思えた。それが気のせいだとしても、両方の目が、檻《おり》の中で逃げ道を探す鼠のように、忙《せわ》しなく動いているのは明らかだ。

いま自分の口にした言葉が、それほど的を外していないことを確信しながら、蓮川は葛井に背を向け、室伏の耳元に囁いた。

「隊長、聞いてましたよね。これが狙いだったんですね」

おそらく室伏は、最初から疑っていたのだろう。葛井と増原の間に、何かあったのではないかと。だから、それを確かめようとした。葛井を脅かし、いまのようにボロを出すのを待ったのだ。こうして車を迷走させている意図は、そこにあったのではないか。

「これで十分ですよね。増原は起訴されます。そろそろ病院へ向かいませんか」

次の瞬間、蓮川の左手首は室伏に摑まれていた。その摑んだ手首を、室伏は、強い力で一気に蓮川の顔の高さまで持ち上げた。

「耳から離すな」

言われて蓮川は、携帯を持った左手を、いつの間にか、だらりと太腿《ふともも》のあたりまで下ろしてしまっていたことに、初めて気がついた。

葛井は葛井で、まだ「取り引き」を諦めるつもりはないようだった。今度は室伏に向かって直談判を始める気だろう、何度か呼吸を整えてから、すっと深めに息を吸い込んだのが、気配で分かった。

すると、ちょうどそれを合図にしたかのように、

《垣沼救急本部より救急南1へ》

再び無線機が鳴った。

室伏がマイクを取った。「こちら救急南1。垣沼救急本部どうぞ」

《室伏さんか？》

「ああ」

《あんたら、何うろうろしてんの？　どこへ行くつもりなの？》

救急車の現在位置は、ＧＰＳで消防本部の通信指令室に把握されている。妙な動きをすれば、確認の連絡が来るに決まっていた。

《済慈会とか、その付近の民家から、苦情が来てるんだよ。サイレンがうるさいってね。どういうことか説明してよ。それから、駅前で拾った患者さんはどうなったの？》

口の利き方から推測して、いま指令室でマイクに向かっているのは、室伏の同期か、そうでなければ同じ消防司令長の階級にある職員だろう。

「もう一人、別の患者を発見した。いま、そちらの救助に向かっているところだ」

《もう一人の患者？　そんな通報は、こっちじゃ受けてないぞ。室伏さん、あんたいったい何度マニュアルを無視すりゃ気が済むんだ？　また懲戒処分を受けることにな——》

「あとでおれの方から連絡する。しばらく放っておいてくれ」

それだけ言うと、室伏はマイクを無線機に戻した。

「隊長！」間髪《かんはつ》を容《い》れずに、蓮川は室伏に詰め寄った。「いい加減なことは言わないでください。どこにいるんですか、『もう一人の患者』なんて。何が『救助に向かってる』ですか。さっきから、ただ病院の周りをぐるぐる回っているだけじゃないですか」

沈黙したままの室伏に、さらに顔を寄せた。やがて義父になる男。その首筋から立ち上る汗の匂いを鼻腔《びこう》に感じながら、蓮川は声を押し殺して続けた。

「隊長、教えてください。何が狙いなんです？　これ以上葛井を怖がらせて、いったいどうしようっていうんですか？」

「蓮川」

「……なんですか」

「自分の仕事をしろ。おまえには、患者を任せると言ったはずだ。様子はどうなんだ。ちゃんと見てるのか」

「……申し訳ありません」

謝りながら、蓮川は拳を握り、手の平に爪を食い込ませた。

話を強引にすり替えられたことはまだ許せる。だが、こうまで出鱈目《でたらめ》な言動にはとうてい納得できない。自分は勤務中に私怨《しえん》を丸出しにして葛井を苦しめているくせに、部下には仕事だけに集中しろと命じる。室伏はこの矛盾に気づいていないのだろうか。

歯軋《はぎし》りする思いで背後のストレッチャーを振り返ると、葛井は、いつの間にか目を閉じていた。痛みが増してきたのか、鍵形に曲げた指先で、軽くシーツを引っ掻くような仕草をしている。

「大丈夫ですよ。必ず病院に連れて行きますから」

そう声をかけ、生体監視モニターを見やると、血圧や心拍数の数値がやや下がっていることに気がついた。そういえば呼吸も少し弱くなっているし、顔色もよくない。

蓮川は隊長席に向かって、その旨を報告しようとした。

ところが、室伏はすでに立ち上がっていた。そしてストレッチャーの枕元に陣取るや、手早く葛井の頭部を後屈《こうくつ》させた。

それは気道を確保する処置に他ならなかった。だが、本当に室伏は葛井を助けるつもりでいるのか。確信を持ちきれず、蓮川は運転席へ向かって声を張った。

「永野さん、かまいません。済慈会へ向かってください」

「蓮川」室伏が葛井に目を向けたまま口を開いた。「いつからおまえが隊長になった」

「ですが、このままだと」

「慌てるな。——永野、病院の周りを走り続けろ。ルートはおまえに任せる。ただし重複するな。まだ通っていない道を選べ」

早口で命じながら、室伏はヘッドセットを頭に装着した。本部の医師と、再度連絡を取るつもりらしい。その様子を見た蓮川は、手にしていた携帯電話を彼に向かって差し出した。

次の瞬間だった。

「馬鹿野郎！」

室伏の怒鳴り声を、顔の真正面から浴びていた。

「さっき言ったばかりだろうが。その携帯を耳から離すんじゃねえ！」

4

蓮川は、はじかれたように手の位置を戻した。「すみません」の声が掠《かす》れる。

葛井の方へ向き直りながら、室伏はこちらへ手を伸ばしてきた。

「おまえのを貸せ」

一転、ぐっと落ち着いた声だった。

怒鳴られたショックで、体には痺《しび》れたような感覚が残っている。半ば無理やり腕を動かし、蓮川は自分の携帯を室伏に手渡した。

室伏は、その携帯をヘッドセットのプラグにつなぎ、医師と交信を始めた。葛井の状態を報告したあと、先方の指示を仰ぎながら、点滴のチューブにリンゲル液をセットしていく。

「悪かったな。でかい声を出して」

輸液を続けながら、室伏は静かに言った。

「……いいえ」

「おれの耳だと、心許《こころもと》なくてな。なにしろ年だ、細かい音を聞き漏らすおそれがある。

だから蓮川、いまはおまえが頼りなんだ。繰り返すが、その携帯から少しでも何かが聞こえてきたら、すぐおれに知らせてくれ。どんな音でもだ」

「……はい」

答えて、蓮川は再び監視モニターを見やった。心拍数も呼吸数も安定した数値に戻っている。葛井自身はまだ目を閉じたままだが、頬には赤味が戻りつつあった。

その葛井の耳元に、室伏は囁いた。

——もう少しだけ耐えてくれ。

と、そのとき、蓮川の耳は携帯から微かな物音を捉《とら》えた。

それはサイレンの音だった。パトカーでもポンプ車でもない。救急車のピーポー音だ。ただし、いま車内で聞こえている、この車両自体が発するサイレン音とは、微妙に違っていた。

携帯からの方は、それよりもほんのわずかだが、周波数が高いようだ。おそらくドップラー効果がかかっているためだろう。つまり先方の電話機に救急車が近づきつつあるということだ。

蓮川は室伏に視線を向けた。

「何か聞こえたか」

「はい。サイレンです。だんだん近づいてくるようです」

「よし。一番はっきり聞こえたところで教えろ。――永野。少し速度を落とせ」

命じたあと室伏は、左右のサイドウインドウへ交互に顔を寄せ、外の様子を窺い始めた。

蓮川の耳に届くピーポー音が、徐々に大きくなっていく。だが、ある一点を過ぎたとき、いきなりスローモーションがかかったように音の周波数が低くなり、音量も下がり始めた。

赤い回転灯が遠ざかっていくイメージを頭に描きながら、急いで室伏に伝える。

「いまでした。もうだんだん逃げていきます」

「そうか。――停めろっ」

永野がブレーキをかけ、車を停止させた。

「少しバックだ。三十メートル。いや二十でいい」

バックギアが車体の底で唸《うな》り出すと、室伏は窓から顔を離した。

「蓮川、AEDの用意をしろ」

蓮川は「はい?」と語尾を上げた。

「除細動器《じょさい》だ。準備しろ。それからキャリーマットも。また外へ出るぞ」

室伏は早口で言い終え、手を差し出してきた。携帯を返せという意味だろう。

その手に端末を載せながら、どういうことですか、と目で訊いてみる。

「いいから急げ」

訳が分からないまま、蓮川はＡＥＤのバッグと担架を手にした。

永野が再びブレーキを踏む前に、室伏は横のドアを開け放った。そして車がバックを終えると同時に、

「蓮川、ついてこい。永野は車内で待機だ」

そう指示を出し、路上に降り立った。

蓮川も続いた。

降りてすぐに、いま自分のいる場所がどこなのかが分かった。駐車場だ。済慈会病院から百四、五十メートルほど北に位置するコインパーキング。その出入り口だった。

室伏が駐車場内に走り込んで行く。蓮川も後を追った。頭は混乱していたが、両足は何かに衝き動かされるように、目の前を行く広い背中を自然と追いかけていた。

駐車場は、長方形の土地を二分した形になっていた。左右にそれぞれ十台ほどの車が停まっている。

室伏は中腰になり、首を横に向けた姿勢で、駐車場内の右側を小走りに進んでいく。そうしながら、こちら側――左側の車列を指差して声を張った。

「車と車の間を見て回れ。いまおれがやってるようにだ」

「何があるんです」

「とにかくやれ」

蓮川は言われたとおり、一台目、二台目、三台目と調べていった。

倒れている人影を見つけたのは、六台目の高級外車と、七台目の普通乗用車の間を覗いたときだった。

人影は、アスファルトの上にうつ伏せになっていた。弱い外灯の光に、灰色のスーツが鈍く照らされている。痩せた男だ。意識を完全に失っているらしい。左手に握っている四角い物体は携帯電話だ。

「隊長っ」

室伏の背中に声を投げかけてから、蓮川は倒れている男のそばに駆け寄った。その横顔には、はっきりと見覚えがあった。

外科医の増原に違いなかった。

増原が握っている携帯には、電源が入っていた。液晶モニターに目をやると、時計のマークが表示されている。その脇に出ている経過時間は一秒ごとに数を増していた。いまも通話中の状態なのだ。

「いたか」

室伏は駆け寄ってくると、手にしていた携帯のスイッチを切った。同時に、増原の端末が「通話を終了しました」の文字をモニターに表示した。

地面に膝をついた室伏は、増原の頭部に片手を添え、もう片方の手で彼の足元を指差した。

「ログロールだ。そっちを持て。それから、すぐに心《しん》マしろ」

指示に従い、増原のふくらはぎを抱え、細い体を反転させた。

灰色のスーツをはだけ、心臓マッサージを始めたころにはもう、自分の脳裏で、この十数分間に起きた出来事の真相がはっきりと像を結んでいた。

室伏と電話で話していたときだ。あの最中に、増原はここで倒れたのだ。

持病を抱えた心臓が発作を起こしたものと見て間違いないだろう。済慈会病院で応援の手術を終え、帰宅しようとした矢先のことだ。

室伏は携帯を通してそれを察知した。しかし増原がどこで倒れたのか、詳しい位置は特定できなかった。分かっているのは、済慈会病院から出て、車に乗り込もうとしている、という点だけだった。

だから、まだ繋がっている携帯を耳に当てつつ、サイレンを鳴らしながら、同病院の駐車場や、その周辺一帯を走り回った。

するとやがて、増原の携帯がピーポー音を拾う。それが室伏の携帯に返ってくる。返ってくれば、いずれは突き止められる。その音がもっともはっきり聞こえる地点を。まさにそこなのだ。「もう一人の患者」が助けを待っている場所は――。

ＡＥＤの準備を進めていた室伏が、作業の手を少しも休めることなく、言った。

「驚くな」

その言葉を受けて初めて、蓮川は、自分が半ば呆《ほう》けたような表情を作っていたことに思い至った。

「前代未聞てわけじゃない」

「分かってます」

電話中に倒れた人物の居場所を、サイレンの音で突き止める。そうした事例が過去、実際にあったことは、消防や警察の人間ならたいてい知っている。

だが、おそらく室伏が初めてではないのか。その方法で、自分の仇《かたき》とも言うべき人間を助けようとした救命士は。

その室伏は、心臓マッサージを一時中断するよう蓮川に命じ、増原の胸にＡＥＤの電極パットを手早く貼り付けていった。そうしながら、駐車場の出入り口を向き、待機中の永野に向かって声を張る。

「一人増えた。病院にそう伝えろ」

蓮川は腕時計に目をやった。増原が倒れてから、もう二十分ほど経過している。だが、完全に心肺が停止していなければ、まだ助かる見込みはあった。

「隊長、あまりかっこつけないでください」

「なに?」室伏が片方の眉毛を上げた。

「マニュアル無視の責任を一人で負ってもらえれば、それはありがたいですよ。ですが、ずっと黙っていられるのは、やっぱり困ります」

室伏の口元が微かに動いた。笑ったのかもしれなかった。

「ショックボタンを押してくれ」

蓮川は頷いた。自分の右手が、いつの間にか、胸元を握り締めていたのに気づいたのは、そのすぐ後だった。

真夏の車輪　第二十五回小説推理新人賞受賞作

章介

リムから外れた黒いゴムが死んだ魚の腹を思わせる。

保見章介《ほみしょうすけ》は、わずかな希望に縋《すが》りつきながらタイヤに触ってみた。釘でも踏んだのだろうか、それとも年月を経たせいで劣化していたのか。理由は分からないし、考えてもどうにもならない。ただ、チューブの中にあったはずの空気が、きれいさっぱり無くなっていることだけは間違いなかった。

諦めきれない。何とか乗って帰れないだろうか。

後輪のそばにしゃがみ、親指の腹をタイヤに当てた。指先に力を入れてみると、そこから気力が吸い取られていくような気がした。溝《みぞ》のついたゴムは完全に弾力を失っている。

野球場のスタンドから聞こえてくる声援がいっそう激しくなった。

章介が誰よりも早く野球場から抜け出してきた理由は、出入り口の混雑で時間をロスすることが我慢ならなかったからだ。トイレに立つと見せかけて応援席を離れたときは、九回の裏に自分の高校、湖名《こな》中央が攻めている最中だった。

途中でこっそり抜け出したことが他の連中に知れたら、かなりの顰蹙《ひんしゅく》を買うことは目に見えている。だが、こちらにも言い分はあった。明日から三日間の予定で期末考査が始まるというのに、なぜ野球の応援ごときに駆り出されなければならないのだ。そんなものは有志に任せておけばいい。棒で球を引っ叩《ぱた》くだけの遊びになど、馬鹿らしくて付き合ってはいられない。

とにかく急がなければ。試合が終われば、出入り口から観客がパチンコ玉のように吐き出されてくるだろう。やるなら人影のない今のうちだ。

決断に躊躇《ちゅうちょ》はなかった。この炎天下を十五キロも歩いて帰るなど論外だ。パンクした自転車を押しながら帰路につき、途中で修理していく手もあったが、この辺りの地理に不案内なため、都合よく道路沿いに店を構えた自転車店を見つけることができるかどうか分からない。タクシーを呼ぼうかとも考えたが、やはり得策ではないと判断した。どのみち明日以降の通学手段を確保しておかなければならないのだ。それならば、今のうちに済ませてしまった方がいい。

章介はチェーンロックを外して立ち上がると紺色の車体から離れ、太陽に灼《や》かれているせいで痒《かゆ》くて仕方のない上腕部をさすりながら、付近の自転車に視線を走らせた。誰にも見られていないが、念のため自分の自転車を捜すふりを装う。

いま野球場のスタンドを埋めている生徒の数は、湖名中央と宮ノ森《みやもり》学園を合わせて千五百人くらいだろうか。そのうち半分が自転車で来ているとすれば、この駐輪場を埋めている台数は約七百五十にもなる。鍵を掛け忘れたものが一台くらいあったとしても不思議ではない。

自転車の施錠方法は主に二種類ある。一つは箱型の錠。もう一つはチェーンもしくはワイヤー式のロックだ。章介は箱型錠の掛け忘れに狙いを絞った。乱雑に並んだテールライトの群れを掻き分けるようにして歩きながら、最初に後輪の泥除け部分に注意を払い、チェーンロックの有無を見ていった。これがある自転車は真っ先に対象から外し、なければフロントフォークに目を移し箱型錠の状況を調べる。

その自転車が章介の目に留まったのは、百台ほど見て回ったころだった。チェーンロックはされていない。代わりに箱型錠が掛けられていた。ただしフロントフォークではなくシートステーと呼ばれる後輪とサドルをつなぐフレームに装着されている。章介が注目したのは、後輪のスポークに突っ込まれた箱型錠のバーが斜めになっている点だった。シートステーに取り付けた金具が緩み、不安定な状態になっているのだ。

車体全体にざっと目を走らせてみる。形状は自分の自転車とほぼ同じだった。ただし色が違っている。紺ではなく艶《つや》のない金色だ。リムが力強く地面から浮いているのは、前後のタイヤにしっかりと空気が詰まっている証拠だ。

サドルの下に視線を移した。県の規則で、高校生の自転車ならば、公立でも私立でも、そこに学校名を彫り込んだプラスチックのプレートをぶら下げておくことになっているため、所有者がどちらの生徒なのかを確かめようとしたのだ。

ところが、いま目の前にある自転車にはプレートがなかった。

（一般客のチャリンコか？）

所有者を知っておきたかった。たいていは前輪部の泥除《よ》けに住所や名前が書いてあるはずだが、調べてみたところそれらしきものは無い。後輪部も同じで、何も書いていない車輪カバーがあるだけだ。ハンドルに手をかけ身を屈《かが》め、鈍く輝く金色のフレームを隅々まで点検してみたが、持ち主についての情報はどこにも記されていなかった。

（まあいい）

この際、誰の物だろうがかまっていられない。もう一度目撃者がいないことを確かめてから箱型錠を触ってみた。熱い。表面が灼けているというよりも内側から熱を発しているように感じられる。取付金具が緩んでいる理由はすぐに分かった。もともと前輪部用としてフロントフォークに装備されていたものを、無理に後輪へ移し替えたからだ。

力を加えてみた。思ったとおりぐらぐらと動く。今は箱から飛び出した短いバーがスポークの間に突っ込まれ、いちおう錠前として機能はしている。だが、あとほんの少し向きを変えてやるだけで、バーはスポークの間から抜けて車輪と平行になり、この小箱はまるで用をなさなくなるはずだ。

章介の心情を代弁するかのように、試合が始まって以来最大級の歓声が一塁側スタンドから上がった。

哲也

中畑哲也《なかはたてつや》は腕を背中に回しワイシャツをつまみあげた。下着をつけていないせいで、たっぷりと汗を吸い込んだ薄い布が皮膚に張り付き、不快でたまらなかった。

甲子園への切符を賭けた地区予選の三回戦は、九回の裏に一点を追加した湖名中央が三対二で宮ノ森学園からサヨナラ勝ちを収めた。一塁側の出入り口付近では同級生たちが勝利を祝う馬鹿騒ぎを起こしているが、哲也はこれ以上声を出す気になれなかった。

日陰を出ると熱の膜に包み込まれた。太陽は少しだけ西へ傾き始めたものの、まだまだ強い光を放っている。痛いほどの暑さが降り注ぐなか、哲也は駐輪場へと足を早めた。

「次は四回戦か――。勝ったのはいいけど、また来なきゃなんねえな」右手に持った団扇《うちわ》を顔の横で忙《せわ》しなく動かしながら同じクラスの前西《まえにし》が言った。「なあ中畑、次もこんなに暑かったら、サボるか」

「ああ、そうすっか」

哲也は何も考える気になれず、いい加減な返事をしながらポケットに手を突っ込み、自転車の鍵をまさぐった。その手をすぐに止めたのは、肝心の自転車が見当たらなかったからだ。

（おかしい。ここに置いたはずだ。それとも、暑さのせいで勘違いをしたか……）

しかし目の前では前西が、ぎっしりと詰まった車体と車体の間から自分の黄色い自転車を取り出そうと躍起になっている。哲也は前西と一緒にこの野球場へ来て、だいたい同じ位置に駐輪したのだ。置いた場所はここに間違いない。

周囲の車体をざっと見渡した。ずらりと並んだハンドルの放つ針のような光が、束になって哲也の目を突き刺してくる。それをかいくぐるようにして捜してみたが、兄から借りた金色の自転車は見当たらなかった。

「どうした？」サドルに跨《また》がりペダルに足を乗せた前西が、哲也の方へ顔を向けた。

「ない……。おれのチャリンコがなくなってる」

前西がサドルから降り、周囲の自転車を見回した。

「色は、たしか金色だったよな。ちょっとくすんだ感じの」

同級生の自転車が盗まれたらしいとの噂は、一塁側から出てきた一年生の間ですぐに広まった。

「宮ノ森の野郎だろう」サヨナラ勝ちの興奮が収まりきらない口調で、誰かが大声を上げた。「負けた腹いせにやったんじゃねえのか」

その言葉を聞きつけたのか、ズボンを腰穿きし、ワイシャツの裾をべろりとはみ出させた宮ノ森学園の生徒が数人、固まってこちらに近づいてきた。

「なんだと、こら」

その場で小競《こぜ》り合いが起こる。

それを横目に哲也は時計を見た。二時を五分ほど過ぎている。焦った。父方の祖母が入院したため、いまから両親と連れ立って見舞いに行かなければならず、午後四時までに必ず帰れと言われている。早く自転車を捜さなければ間に合わない。

もしかしたら野球場の係員が、駐輪場を整理するため別の場所へ動かしたのかもしれない。狭いスペースへ無理に突っ込んだために、歩行者の邪魔になると思われたのだ。

そう自分に言い聞かせながら管理事務所へ向かった。

内野スタンドの真下に位置し、全く日の当たらない薄暗い事務所の中には、Tシャツから太い腕をのぞかせた四十年配の男がいてテレビを見ていた。髪を短く刈り込み、肌の色は浅黒い。

「あの——すみません」哲也は窓口の小さなガラス戸を開けた。「自転車が見当たらないんですが、移動されたんでしょうか?」

顔はテレビの方へ向けたまま、見下ろすように目だけをこちらへ向けた男の口から、あにっ、と面倒くさそうな声が返ってきた。哲也は同じ台詞《せりふ》を繰り返そうとしたが、途中で遮《さえぎ》られた。

「自転車ぁ？　盗まれたんだな。よくあんだよ。警察だ、警察に連絡しろ」

この応対ぶりに唖然《あぜん》として立ちすくんでいると、男は哲也の方へ腕を伸ばし、蠅《はえ》を追い払うように手を振った。「用がねえなら、もう行けよ、ほら」

離れた場所から頬を張られたような気分のまま引き返すことになった。

血気盛んな連中の小競り合いは、どうやらもう収まったようだった。人影もまばらになり、自転車の数もかなり減ってきている。

前西は暑さにしかめた顔を団扇であおいでいた。

「捜してみたけど」諦めが口調に滲《にじ》み出ている。「ないみたいだな」

哲也は待っていた友人に言った。「サンキュ。先に帰っていいよ」

期末考査が明日から始まる。前西も早く帰宅して準備をしなければならないはずだ。自分のせいで迷惑をかけたくはなかった。

「二人乗りで帰ろうか」と前西は言ってくれたが、哲也は断った。今いる場所は哲也と前西が住んでいる町から十五キロも離れている。この炎天下、ペダルを漕ぎ続けるには一人でも長すぎる距離だ。まして帰路は上り坂が多い。自宅の玄関へたどり着くころには、体格のいい前西といえども完全にへばってしまうはずで、試験勉強に向ける余力はなくなってしまうだろう。

「おれはバスで帰るよ」

「そうか……。ごめんな」

哲也の気持ちを察したのだろう、前西は汗の浮いたふっくらした顔に言葉どおりの表情を作るとペダルを踏み出し背中を向けた。

あれほどびっしり並んでいた自転車は分刻みに数を減らしていく。哲也がとめたはずの駐輪ラックには、歯の抜けた櫛《くし》のようにほんの数台が前輪を突っ込まれているだけとなっている。

もはや盗まれたことは明らかだった。

犯人については見当もつかないが、この時点でほぼ確実に分かっていることが一つだけある。どうやって盗まれたのか、ということだ。

(気づかれたんだ)

哲也には自宅から地元の国立大学へ通う兄がいる。盗まれた自転車は、兄が引っ越し作業のアルバイトをして買い、大切に乗っていたものだ。哲也自身の自転車は、昨日の夕方、チェーンの一部が切れてしまっていた。修理する時間がなかったので、今朝、兄の部屋から鍵を持ち出し無断で借りてきたのだった。

兄の自転車は後輪に箱型錠がついていた。元々は前輪用だったが、混雑した場所へ前方から車体を入れた場合に鍵を抜き差しするのが面倒なため、兄が後輪へ移し替えたのだ。そのせいで、いくらきつくボルトを締めても取付金具は不安定に揺れていた。哲也はそのことに気がついていたが、まさか他人には分かるまいと高を括《くく》っていた。だが犯人は見逃さなかったらしい。

いま兄はゼミ研修のために泊りがけで出掛けているが、三日後の昼には帰宅する予定になっている。

(時間がない……)

哲也は野球場の中へ戻り、ロビーにあった公衆電話に硬貨を入れた。自宅の番号を押すとすぐに母親が出た。

「おれだけど——四時までには帰れない」

「どうして」母親の声に怒気が含まれている。

「自転車を盗まれた」

「バスで帰ってくればいいでしょ。それがなかったら——しょうがないから、タクシーでもつかまえなさい。いいわね。必ず四時までに帰ってくるのよ」

激しやすい母親の声は、受話器から耳を離しても届く。

「おれはいいから、先に出掛けてくれよ」

お祖母《ばあ》ちゃんにはさんざん世話になったでしょ。とんだ恩知らずね。そもそも自転車を盗まれたってどういうことよ。なんで鍵をちゃんと掛けておかないの——。そんな調子でこっぴどく叱られた。

「とにかく、四時までには戻れない」それだけ言うと一方的に受話器を置く。

歩いて帰るつもりだった。たとえ停留所が近くにあって、待つことなくバスが来たとしても、利用する気はない。被害者としての意地があるからだ。徒歩以外の交通手段に頼ったら、盗んだやつに対して負けを認めたことになる。

いったん日陰に入ってしまうと、再び日向に出るには覚悟が必要だった。

(十五キロって、どのくらいだよ?)

歩き始めたが、野球場の敷地から出ないうちに音《ね》を上げそうになる。

駐輪場を振り返った。まだ残っている自転車のうち、一台くらいは鍵を掛け忘れているかもしれない。

(おれも、やってやろうか)

乗り捨てられていることが明らかな自転車ならば、盗んでも問題はないだろうと考えているうちに、目が勝手に物色を始めていた。その一台に注意を引かれたのは、紺色の車体から、なぜか持ち主に見放されたという雰囲気を感じ取ったからだった。近づいて見てみると、思ったとおり施錠されていない。そして持ち主の名前や住所は車体のどこにも書かれていなかった。ただしサドルにはプラスチックのプレートがぶら下がっていて、高校名は「湖名中央」とある。

哲也はハンドルのグリップを握った。

(待て。やっちまったら犯人と同じだぞ)

迷った末に手を離した。自分を殴りつけてやりたい気持ちにかられつつ自転車から離れようとしたとき、後輪のタイヤが潰れていることに気がついた。盗んだところで乗って帰ることはできなかったのだ。一見したところ捨てられていると感じたのはこのせいだったらしい。

哲也は既に朦朧《もうろう》としつつある頭を抱えながら、野球場の出口を目指して重い足を踏み出した。

章介

章介は目頭を揉《も》んだ。見上げた天井板の模様がぼやけている。最近になってだいぶ視力が落ちてしまったようだ。

取り組んでいた数学の練習問題を途中でやめたのは、中学生のときに目撃したある光景をいきなり思い出したからだった。

たしか二年生のときだ。同じクラスにいた矢野《やの》という奴が、映画館の前から自転車を盗んできた。十八段変速のスポーツ車だったから、高級なものだ。矢野は自慢気に二日ほど乗っていたはずだ。三日目に、盗んだ自転車に乗って一緒に街へ出かけたとき、矢野は声をかけられた。相手は二十代前半くらいでサラリーマン風の男だった。背丈が矢野の倍ほどにも見えた。言い訳をする間も与えられず、矢野は顔面にパンチを食らっていた。さらに足払いをかけられ、歩道に転がされたところを何度か蹴られたはずだ。章介や一緒にいた友人たちは、怖くて一切手出しができなかった。男は自分の素性を明かさなかったが、自転車を盗まれた人物であることは、矢野に対する行為から明らかだった。彼は矢野に名前と住所を言えと命令した。しゃくりあげながら矢野が言われたとおりにすると、それを手帳にメモしてから取り戻した自転車に乗り去って行った。土下座をするようにアスファルトの上でへたりこみ、涙と洟《はな》で雑巾のように濡れていた矢野の顔が忘れられない――。

寝息のように静かなクーラーの唸《うな》りを聞きながら、章介は目を閉じた。

期末考査が終われば、そのまま夏休みに入る。今学期はあと三日だ。その間の通学手段をどうするか。

もちろん盗んできた自転車など使いたくなかった。一番まともな解決法は、母親が仕事から帰ってくるのを待ち、彼女が運転する車に乗せてもらい、野球場へ戻ることだ。そして置いてきた自転車をトランクに入れて引き返し、自転車店へ持ち込んでパンクを修理すればいい……。

（いや、駄目だ）

そんなことはしていられない。期末考査は明日からだ。いまはとにかく時間が惜しい。

（ならばどうする？）

自宅から学校までは直線にして五キロ以上の距離があるうえにバスの便は悪い。母親の車に乗せてもらい登校することもできようが、そうすると下校時に困ることになる。仕事を抜け出して迎えに来てくれとまでは言えない。

（新しいのを買うか）

母親はシングルマザーだが家は比較的裕福で、多めの小遣いを貰っている。少なくとも自転車を買うだけの金はある。しかし近所に自転車店はない。買うとしたら何キロも離れた場所にある量販店で、ということになるが、そこまで足を運ぶとなると、労力や時間の点で大きなロスとなる。

（やっぱり、あれを使い続けるしかない）

結論は出た。だが盗んできたままの状態で乗り続けることは危険だ。盗難自転車であることが発覚しないように、何らかのカムフラージュを施《ほどこ》す必要がある。

章介は椅子から腰を浮かせた。

（あと三日でいいんだ）

期末考査が終わるまで使えればいい。夏休みになってしまえば自転車のことを考える時間くらいは作れるだろう。

哲也

畳の上に寝転がり天井を見上げているうちに、鼻の奥が湿ってきた。

(泣いてんのか、おれは?)

玄関に靴を脱ぎ捨てたときに時計を見たら、午後五時三十分になっていた。十五キロの距離を約三時間で歩いた計算になる。

まだ両親は病院から戻っていないらしく、玄関には鍵が掛かっていた。

「必ず見つけ出す……」

気がつくと、そう呟いていた。

それが自転車のことなのか、犯人のことなのか、それとも両方なのか、よく分からないままに口をついて出た言葉だ。

扇風機にかき回された空気に触れるだけで、赤くなった腕の肌が痛む。いくら水を飲んでも、喉の渇きは癒《い》えない。軽い目眩《めまい》がするし、悪寒《おかん》もする。どうやら軽度の熱中症にかかったらしい。

（あと三日しかない）

無断で自転車を使ったうえに盗まれたとあっては兄に申し訳が立たなかった。穏やかな性格の彼は黙って水に流してくれるだろうが、それでは自分が納得できない。きっちり責任を取りたかった。

（誰が盗んだ？）

特定できるはずもない。しかし予想はつく。犯人は野球場に来ていた観客の中にいたはずだ。スタンドには試合をした両校の生徒以外に父兄や一般の客もいたが、彼らはたいてい自家用車で来場していた。したがって自転車を盗む必要はないと考えるべきだ。また、あれほど辺鄙《へんぴ》な場所にある野球場で、観客以外の者がぶらりと駐輪場へ侵入してきて盗んでいくと考えるのも現実的ではない。残るのは湖名中央か宮ノ森学園の生徒だ。犯人はそのどちらかにいると見て間違いない。

——警察だ、警察に連絡しろ。

薄暗い事務所で見た浅黒い顔を思い出した。悔しいが、まずはあの男が言った通りに行動しなければならない。

鼻の奥だけでなく、目尻にも水分が溜まっていたようだ。目を閉じると、それが耳の方まで流れ落ちていった。

章介

塗料のスプレー缶を踏石の上に置くと、息を深く吐いた。有機溶剤の臭いが不快で、作業の途中で吸い込んでしまった空気をできるだけ体の中から追い出したかった。

夕方になって少し風が出てきたせいで、吹き付けたそばから塗料は乾いていった。艶のない金色は、ほぼ地味な紺色へと変貌を遂げた。やや面倒だったが塗装不要の部分は新聞紙でマスキングをしておいたため、仕上がり具合は思ったよりいい。

満足しながら立ち上がろうとしたとき、サドルを支えるフレームに貼られた防犯登録のステッカーだけを、未だそのまま残していたことに気がついた。これを塗り潰すとステッカーの厚みの分だけ塗装した跡が盛り上がってしまい、かえって怪しまれる。だから剝がしてしまおうと考えていたが、その処理を後回しにしたまま忘れていたのだ。

親指の爪をステッカーとフレームの間にこじ入れようと試みた。しかし特殊な接着方法らしく、簡単には剝がれない。それどころか躍起になって引っ掻いているうちに、伸ばしたままにしていた爪を傷めてしまった。

章介は毒づきながら紫色になった指先を拳の中に握り込み、もう片方の手でスプレー缶を持つと、ステッカーへ向けて必要以上に近い距離から塗料を吹き付けた。

最後に手で掬《すく》った庭の土を、車体の下部を中心に擦《こす》り付けていった。こうしていくらか汚しておけば、今日の昼間まで自分が乗っていた自転車とほとんど変わりがなくなる。帰ってきた母親に気づかれる心配もないだろう。

一旦はずしていたチェーンロックを再び後輪に掛けようとしたとき、シートステーに取り付けられている箱型錠へ目がいった。

(これも取っちまえばよかったな)と軽く後悔する。

そうしなかったのは、取付金具を外すのが面倒だったからだ。

章介は箱型錠が嫌いだった。だいぶ前のことだが、施錠した後で鍵を紛失し、ずいぶんと困った経験があるからだ。それ以来ずっと数字式のチェーンロックを使っている。

腕時計に目をやる。作業を始めてから三十分が経過していた。ちょうど予定した時間いっぱいだ。これ以上、自転車などにかまってはいられない。

翌朝、自転車を見て些《いささ》か、がっかりした。昨日の偽装工作が思ったより下手だったからだ。満足のいく仕上がりに思えたのは、薄暗くなった時間帯で作業をしたせいらしい。こうして朝日の下で見てみると、斑《まだら》や塗り残しが目立ってしょうがないのだ。

もっとも焦ることはない。五分もあれば手直しができるはずだ。章介は家の中へ引き返し、昨日使った塗料のスプレー缶を取ってくると、再び車体にノズルを向けた。

大きな見落としがあったことに気づいたのは、ちょうど缶の中身が空になったときだった。

（しまった――。忘れてきた）

気づかないうちに下唇を噛《か》んでいた。

サドルの裏側にぶら下げておく高校名のプレートがないのだ。パンクした自転車につけたまま野球場に置き忘れてきたのである。

プレートがないと学校まで乗っていくことができない。なぜなら生活指導の教師が毎日かならず駐輪場の見回りをするからだ。もしもプレートがない自転車が発見されれば、持ち主が調べられ、最悪の場合、盗みが発覚してしまう惧《おそ》れがあった。

（どうする……？）

野球場まで取りに行く時間などもちろんありはしない。しかし慌てることもない。とるべき方法は必ずあるはずだ。

章介はとりあえずハンドルを握り、学校へ向かってペダルを漕ぎながら頭の中で選択肢を探った。

肩を叩かれた。振り返ると背後に前西が立っていて、丸い両目がこちらの首筋あたりを凝視していた。

哲也

「かなり灼けたな。真っ赤だぜ。——もしかして、あそこから歩いて帰ったのか？」

哲也は小さく頷いた。その話題にはあまり触れられたくない。

もはや期末考査などどうでもよかったが、話題を変えるためにこっちの方から訊《き》いた。

「どうだった、数学は？」

「〈愛校問題〉しか自信ねえよ」

担任の東海林《とうかいりん》が、数学の試験問題の末尾に忍ばせておいた〈愛校問題〉は、解答できれば二点が与えられる。

「昨日行なわれた野球の試合では、宮ノ森学園高校が①点しか取れなかったのに対して、わが湖名中央高校は②点を取り、その結果③点差でわが校が劇的なサヨナラ勝ちを収めた。①から③に該当する数字を答えよ。（二点）」

解答できるかできないかは、試合の結果を知っているか知らないかだけにかかっている。知っていれば誰でも二点を獲得できるが、知らなければどんな天才数学者にも解きようがない。中間考査の問題にも同じような遊びを最後に入れていた東海林は、かなり冗談が好きらしい。

「チャリンコ、見つかったか？」前西がまた話題を戻した。

頭の奥に痛みを感じながら首を横に振った。「今朝はバスで来たよ。——ところで前西、今日はこれからどうする？　すぐ帰るのか？」

期末考査一日目は二教科まで終了したが、まだあと一教科が残っている。

問題に取り組んでいる最中、唇がかさかさに干上がった感覚にずっと悩まされたせいで集中できなかった。顔と腕の火照《ほて》りはおさまらず、焼けた炭のように皮膚の内側が熱を持ち続けている。

「図書館でちょっとやってから帰るつもりだけど」

「そうか。——それじゃ悪いけど、チャリを貸してくれないか。夕方までに返すから」

「いいけど、今すぐか？」

哲也は頷いた。

「帰っちまうのかよ。まだ世界史が残ってんだぜ」

「それどころじゃないんだ」

自転車を置いた位置とチェーンロックの番号を訊いてから昇降口を出た。今日もやたらに陽射しが強いが、西の方から黒い雲が広がってきている。夕方あたりには雨になりそうだった。

校舎の裏手に、屋根も無く舗装もされていない砂利《じゃり》敷きの駐輪場がある。そこへ行く途中で、生活指導の教師に出くわした。ちょうど自転車の見回りを終えたところらしい。黙ってすれ違おうとしたが、教師は、試験が行なわれているはずの時間に外をうろついている理由を問いかけてきた。

哲也は頭を下げながら「気分が悪くて」と曖昧《あいまい》に答え、教師をやり過ごした。嘘ではなかった。地面に並んだ自転車のフレームが方々で反射光を放っているが、それが目の端に入っただけでも軽い目眩と吐き気を覚えてしまう。昨日、熱中症に見舞われた身体にとっては、この刺激はまだ強すぎる。

時間をかけたくなかったが、体調のせいで動作が鈍くなっていて、駐輪場にある全ての自転車をチェックするのに一時間ほどかかってしまった。兄の自転車はなかった。そう簡単に見つかるはずがないことを覚悟していたため、あまり落胆はしていない。

前西の自転車は教えられた通りの場所にあった。近くで見て初めて分かったことだが、小径タイヤに乗った黄色い車体にはかなりガタがきている。このおんぼろを泥棒から守っているのは、四桁の数字を回転させて開錠するダイヤル式のチェーンロックだった。

いま数字は２５１７になっている。前西から教えられた番号は２５１６だったので、最後の一桁を一字分回しただけでロックを解除することができた。一桁を一字しか動かしていなかったのは、開錠作業をできるだけ楽にするためだろう。

他人の自転車には奇妙な違和感があるものだ。雨雲が広がり始めたものの、相変わらず息をするのも嫌になるほど蒸し暑い空気の中で、友人の愛車に慣れようと努力しているうちに、湖名駅前の交番に着いていた。

自転車の盗難届を出すには、防犯登録番号を知っていなければならない。昨晩、痛む頭を抱えながら再び無断で兄の部屋に入り、番号の控えがないか探してみたが、見つけられなかった。兄の旅行先へ連絡をとってみようとは考えなかった。盗まれたことを告白する決心が、まだできていなかったからだ。そこで仕方なく、兄が購入した量販店に電話をし、事情を説明したうえで防犯登録番号を聞き出した。

駅前交番にいた警察官はやたらと大きな体の割には頭が小さい男で、クーラーの効いた狭い室内でただ一人、肘掛《ひじかけ》のない椅子に寝るような格好で座っていた。見たところかなり若い。まだ二十歳くらいだろう。分厚いレンズを嵌《は》めこんだ銀縁眼鏡の下には、レンズ以上に分厚い二枚の唇があった。

「これ書いて」

自転車の盗難届を出したい旨を告げると、警察官は面倒くさそうに、用紙とボールペンを哲也に寄越し、ぶっきらぼうにそう言った。

何度もコピーにコピーを重ねたのだろう、届出用紙の文字はほとんどつぶれ、所々に黒いゴミの跡が浮いている。書類を文字で埋めている間、哲也は分厚いレンズ越しに送られてくる視線を額のあたりに痛いほど感じていた。記入を終えて用紙を差し出すと、警察官はそれをひったくるように受け取り、分厚い唇をあまり動かさずに、

「――ったく。盗まれたら現場の交番ですぐに出せよな」

横柄な口調は、野球場の係員を思い出させた。

交番のドアを閉めて蒸し暑い外気の中に立ったとき、悔しさのせいか、足が勝手に震え出していた。

深呼吸をして足の震えを止めてから、こめかみを流れ落ちる汗を拭きもせず再び歩き出す。前西の自転車に寄りかかるように跨ると、次の目的地へ向かってペダルを漕いだ。

・

章介

章介が東海林を気に入っている理由は、採点が早いからだった。さらに最高点を取った者の名前を読み上げてくれるのがいい。先の中間考査では試験の翌日に答案を返し、九十八点だった章介の名前をクラスのトップとして発表してくれた。やたらに採点の遅い教師が多いなか、結果が気になる身としてはこのスピードはありがたく、また名前を呼んでもらえることで次への意欲もかきたてられた。

ところが先ほどの試験を境に、東海林に対する評価は悪い方へ変わりつつあった。

（ふざけるなよ）

今回も〈愛校問題〉に答えられなかった。試合の結果を見届けずに野球場を抜け出してきたのだから、正解など分かるはずもない。思いつきで書き入れた数字は①、②、③ともきれいに外れていた。そもそも、あの問題を目にするまで、自分の学校が逆転勝利を収めたことすら知らなかった。

しかし真面目に勉強してきた身にもなってほしい。あんな問題に二点もウエイトを置かれたのではかなわない。そのせいで今の順位から転落したら、また東海林に抗議をしなければならない。

それにしても、再び同じことをやられるとは思わなかった。担任の数学教師は、中間考査のときも冗談としか思えない問いを最後に出題していたのだ。

「現在、湖名中央高一学年には男子生徒が①人いるが、女子生徒は②人しかいないため、一対一のカップルを作った場合③人の男子があぶれる計算になる。①から③に該当する数字を答えよ。（二点）」

章介は答えることができず、いい加減な数字を記入して提出したが、当たっているはずもなかった。そのせいで、満点のはずが二点を失い、九十八点になったのである。章介はクラスの全員が見ている前で、猛然と東海林に抗議をした。点数にがめついやつと思われただろうが、せっかくの努力をあのような馬鹿馬鹿しい問題でふいにされることには我慢がならなかったのだ。

「おいおい、そんなにむきになるなよ」章介の剣幕にややたじろいだ様子を見せつつも、東海林はすぐに態勢を立て直し逆襲に転じた。「いいか、これは愛校心のテストだ。自分が通う学校のことを深く知っておく――それは数学の問題と同じくらい大切なことだ。愛校心のない奴は、いくら勉強ができてもしょうがない」

東海林が三十年ほど前に湖名中央高を卒業したＯＢであることを知ったのは、それから間もなくのことだった。

(まあいい。もう終わったことだ。今は次のことに集中するべきだ)

それほど立腹することなく怒りを静めることができたのは、世界史がほぼ完璧だったため機嫌がよくなっているせいだ。

夏休み中に使う参考書を買いに行きたかったが、明日は苦手な化学が控えている。今は勉強時間の確保に努め、書店に行くのは後日にした方がよさそうだ。

章介は湖名駅前へ急いだ。学校まで乗って行くことができなかったため、今朝はここに自転車を置いてから歩いて登校した。駅から校舎までは一キロもない。四キロ以上の距離を自転車で稼げたことになる。まずは十分だろう。

【駐輪禁止区域　放置自転車は撤去します　湖名市道路維持課】

章介が紺色の車体を置いた路上には市役所が立てた表示板が立っていたが、それを読む者がほとんどいないことは、看板前に密集したテールライトの列を見れば明らかだった。駅の反対側には一日五十円で利用できる駐輪場がある。路上に放置していては警察から調べられてしまう惧れがあるため、できればそちらに入れたかった。しかし学校から遠くなってしまうとあっては、何よりも時間が惜しい身にとって使える施設とは言えない。

幸い警察官のチェックはなかったらしく、紺色の車体は辛抱強く待っていてくれた。チェーンロックをはずしているときに、シートステーについた箱型錠がやはり気になった。マスキングが不十分だったせいか、一部に紺色の塗料を付着させた取付金具は、盗む際に半回転させたままであり、錠前の役割を果たすバーがタイヤと平行になっている。もしも警察官の目に留まれば、盗難車であることを簡単に見抜かれてしまう状態だ。

(あと二日だ。期末考査さえ終われば、どこかに乗り捨てればいい……)

左右から圧縮されたようにぎっちりと詰め込まれたテールライトの列から、自転車を引き摺《ず》り出しハンドルのグリップを握ったとき、雨雲に覆われた空から小さな水の粒が手の甲に落ちて来た。

哲也

体がやたらに重いのは、熱中症のためというより、ワイシャツが雨水をため込んだせいだろう。宮ノ森学園高校の駐輪場にも屋根はなかった。雨の粒が当たる肩が痛い。傘を持ってこなかったことを悔やんだが、わざわざ取りに行く気にもなれなかった。

湖名中央の生徒数は全学年あわせても六百人を少し超える程度だが、宮ノ森学園にはその倍ほどが在籍している。駐輪場の広さも生徒数に比例していた。

ここに来る前は不安だった。宮ノ森学園が既に夏休みを迎えている可能性があったからだ。もし夏休み中ならば学校の駐輪場はほとんど空だ。行っても無駄足になる。

しかし、雨粒を弾きながらぎっしりと並んだ自転車の列が、まだ一学期の最中であることを告げていた。

再び一台ずつチェックしていく。昨日の球場係員や先ほどの警察官から受けた侮辱に等しい扱いが、まだ精神にダメージを与えていた。怒りよりも悔しさのせいで頭の中が燻《くすぶ》られたような状態になっているため、自転車の捜索に集中するのが難しかった。

ちょうど下校ラッシュの時間らしく、ひっきりなしに校舎から生徒が出てきては、傘をさしたまま自転車に乗って帰っていく。そのたびに哲也は視線を走らせ、一台たりとも見逃さないように努めた。

下校していく生徒の中には、哲也に対し、あからさまに無遠慮な視線を投げかけていく者もいた。さりげなく振る舞っているつもりだが、不審者として疑われていることは明白だった。哲也が身につけている湖名中央の制服は、ワイシャツもズボンも宮ノ森学園のそれとは色が異なっている。他所者《よそもの》であることは一目で分かるのだ。先ほどから長いこと傘もささずに土砂降りの中をうろついているうえに他校の生徒ときては、怪しまれない方がおかしい。

ちょっと、というドスの利いた声を背中に受けたのは、雨がいっそう激しくなったときだった。振り返ると、黒い傘をさし、傘と同じ色のジャージを着た男が立っていた。背が低く、頭髪はきっちりとポマードで固められていた。男の傍らには、この学校の男子生徒が三人ほど立っていた。

「何してる、おまえ?」ジャージ姿の男は低い声でそう言ってから、水を吸った哲也のズボンに視線を落とした。「湖名中央か」

どうやらジャージの男は宮ノ森学園の教師らしい。駐輪場に不審者がいることを生徒が通報したため、こうしてやって来たのだろう。

三人の生徒が哲也に詰め寄ってきた。

「昨日、野球場で自転車を盗まれたんです――。もしかしたら、ここにないかと思って、捜していました」

恐怖を感じていないと言えば嘘になる。説明する声が上擦《うわず》ったのが、何よりの証拠だった。

ジャージが両方の鼻腔《びこう》からぶしゅっと息を出した。笑ったつもりらしい。「こいつ、よその学校の生徒を犯人扱いか」

「ざけんじゃねえぞ、てめえ」どこかで聞いたような台詞が、男子生徒の口から次々と出てくる。

「帰れ」ジャージが尖《とが》った顎《あご》を校門の方へしゃくった。

生徒の一人が濡れた地面の砂利を蹴った。幾つか細かい石が濡れたズボンの裾にぶつかり小さい音を立てる。

彼らの視線を意識しながら、哲也は前西に借りた自転車を置いた場所まで移動した。サドルへ尻を乗せると、「それはおまえのだろうな」と嫌味を言われたが、聞こえないふりをし、校門へ向かってペダルを漕いだ。

まだ捜索は終わっていないし、諦めたわけではなかった。宮ノ森学園の校門は、細い路地で大通りに繋がっている。したがって路地が大通りに接続する地点に立っていれば、下校していく自転車を一台ごとに調べることができるのだ。

（あと二日しかない……）

焦る気持ちを抑えつけながら電柱の陰に隠れるようにして立ち、次々と路地から出てくる自転車を見送る。

一時間もすると哲也はしきりに洟をすすっていた。

（くそっ……。またか）

泣いていることを認めたくなかったが、はっきりと前を見るためには、きつく目蓋《まぶた》を閉じて涙を絞り出さなければならなかった。

章介

雨が一気に激しくなったのは、ちょうど自転車を庇《ひさし》の下へ入れたときだった。学校を出てくるのが一分でも遅れていたら、濡れた衣服を着替える必要があっただろうから、その分の時間を損していたところだった。計ったようなタイミングに、章介は自分の強運を感じた。

机に向かう前に、心配事をさっさと片付けてしまうことにした。工具入れをかき回し、ドライバーとプライヤーを手にしてから、シートステーの前にしゃがみこんで作業に取り掛かる。取付金具は簡単に外れたが、一つ気になる事態が生じた。金具に隠されていた部分から元の色がのぞいてしまい、そこだけが金色の縞《しま》になったのだ。

塗りつぶしてしまおうと塗料のスプレー缶を手にしたが、それが空になっていることを思い出し、舌打ちをした。

迷う。怪しまれるような痕跡は可能な限り消しておきたかったが、塗料が無くては無理だ。同じスプレー缶は近所の雑貨屋に行けばいくらでも買うことができるが、この雨ではもはや外出する気になれない。

（まあ、いいか）

どうも神経質になりすぎているようだ。金色の縞模様は、特に気にしないかぎり不自然ではない。

章介は取り外した箱型錠をズボンのポケットに入れ、家の中へ戻った。

哲也

市役所の看板が駐輪禁止区域だと主張している場所には、哲也が見ているそばから自転車が置かれていった。そのうちの何台かは捨てるためにとめたとしか思えなかった。

隅の方では、廃棄されるのを待つ自転車が横倒しにされ何段にも積み上げられていた。一見して目につくのは、交通事故にでも巻き込まれたかのようにフレームやリムが曲がった車体だ。車輪そのものが無くなっていたり、サドルだけが消えているものもあった。

しかし、よく見れば分かるのだが、派手に損傷しているのはほんの一部だけで、大多数の車体は少し手を加えればまだまだ乗れるはずだ。

引っ越し作業で汗を流す兄の姿が車輪の上にだぶって見えた。苦労して得た金で、彼は自転車を買ったのだ。

(それが使い捨てでいいわけがない)

今日も乗れば明日も乗る。一年後も二年後も乗るつもりで買った自転車なのだ。

ほとんど解答できなかった化学の試験が終わり放課後になると、哲也はすぐこの湖名駅へと足を運んだ。湖名中央と宮ノ森学園の生徒が通学に利用する駅はここしかない。もしも犯人が電車と自転車を併用している者だとしたら、捜し求めるものが駅前にある可能性は高かった。

駅舎を挟んで反対側にある駐輪場には先ほど行ってみたが無駄足だった。哲也は、盗まれた自転車がこの放置場所にある可能性に賭けていた。賭けに敗れれば、自力での捜索がほぼ手詰まりになってしまう。学校の駐輪場になく、駅前でも見当たらないとなれば、まとめて捜せる場所がもはや存在しないからだ。この暑さの中で捜索に取り組むには数が多すぎてうんざりするが、とにかくやらなければ。

いちいち型を見ている暇はなかった。見分けるには色しかない。艶のない金色だ。その色だけを捜すのだ。

もし犯人が一昨日しか自転車を使わず、後はここに放置した場合、昨日のうちに別の人物によって再び盗まれてしまったことも考えられる。第二の犯人が湖名中央や宮ノ森学園の生徒ではなく一般人だったとしたら、見つけ出すことはもはや警察の力でも不可能だろう。

(そんなことは考えるな。今はただ捜すだけだ)

常に悪い結果へと向かいがちな思考を強引に遮断しながら、哲也は歩き続けた。

一通り捜索を終えたが、見つかりはしなかった。車体の群れを見ている最中に、犯人が色を塗り替えた可能性があることに気がついたが、哲也はそれを否定し続けた。兄の自転車は艶のない金色であることが最大の特徴だ。それ以外に目立つポイントは一つもありはしない。もし色を変えられていれば、最大の手掛かりが失われてしまったことになる。それは認めたくなかった。

(待てよ——。錠だ。あれを後輪につけている自転車は、そう多くない)

箱型錠はたいてい前輪に装着されている。これに対して、チェーンロックを使用していない限り、後輪にはリング状の錠前がついているのが普通だ。したがって後輪の施錠がどうなっているかを調べていけば、たとえ色が塗り替えられていても兄の自転車を捜し当てることができるかもしれない。

哲也は再び銀輪の群れに飛び込んで行った。

章介

章介は紙袋を抱えて湖名駅前の書店を出た。

期末考査の最終日となる明日は、得意な科目が揃っているため気持ちに余裕が生まれている。そこで今日のうちに、夏休みの間に目を通しておきたい参考書と問題集を買っておくことにしたのだった。

しかし油断は禁物であることを思い知らされた。参考書の種類が多すぎて、あれこれと迷った結果、予想以上に時間をロスしてしまったのだ。

早く家に帰らなければならない。

章介は駐輪禁止区域へ向かって足を早めた。

哲也

シートステーについた箱型錠は見つからなかったが、代わりに、それがあるはずの場所だけが艶のない金色の縞模様になっている自転車を見つけたのは、再度の捜索を始めて十分ほど経ってからだった。

車体はありふれた紺色だが、素人が自分の手で塗装したことは明らかだった。もしも兄の自転車を紺色に塗った後で箱型錠を取り外したとしたら、取付金具の跡がこのような縞になって残るはずだ。また全体の形状から判断しても、これが一昨日野球場で盗まれた物であることに疑いの余地はなかった。

胸が高鳴る、というより、あっけない思いの方が強い。

すぐに乗って帰りたかったが、残念ながらそれはまだ無理だった。箱型錠に代わって、チェーンロックが後輪に掛けられていたからだ。

昨日、盗難届を提出した交番へ相談に行こうと考え、哲也は一旦その場所を離れた。防犯登録のステッカーは塗り潰されていたが、警察官に事情を説明し、立ち会ってもらったうえで塗料を削り取れば、兄の所有物であることを証明できる。そうなれば、警察官はチェーンを切断する作業にも協力してくれるだろう。

だが、いくらも歩かないうちに不安にかられ、哲也は足を止めた。

交番は駅舎を挟んだ反対側にあるため、徒歩で往復すれば十分ほどの時間を要する。もしも、その僅《わず》かな時間内に犯人と行き違いになり、やっと見つけた自転車を再び持ち去られたりしたらどうする。

哲也は自転車のところまで戻り、灼けたチェーンロックを手にした。四桁の数字を合わせて開錠するタイプのものだ。前西のやり方を思い出す。彼はいちいち数字を合わせる手間を省くために、最後の一桁を一字分だけずらして使っていた――。

（もしかしたら、この犯人も同じかもしれない）

いま番号は８３６２になっている。前西がそうしていたように、最後の桁を一字ずらして１にしてみた。外れない。次に３にしてみたが結果は同じだった。

（慌てるな）

最後の桁を２に戻し、今度は頭の数字から試していくことにした。一桁目を操作する。緩くなっている手応えはあるのだが外れてはくれない。それを戻してから二桁目の３を２にしてみたが、これも駄目だ。同じ桁を４にしたとき目尻が痛んだ。こめかみを伝った汗が流れ込んだせいだ。

「おい、おまえ」

聞き覚えのあるぶっきらぼうな声を背中に受けたのは、ズボンのポケットからハンカチを取り出そうとして腰を伸ばしたときだった。

やたらと大柄な体に乗った小さい頭。分厚いレンズの銀縁眼鏡。ぼってりと突き出た唇……。昨日交番にいた警察官が、十メートルほど離れた地下道の出入り口に立っていた。

「ちょっと来い」

警察官が手招きをする。

（まずいところを見られたか）

相手に聞こえないように小さく舌を鳴らした。

泥棒と間違われたらしい。だが、きっちりと説明すれば誤解はとけるだろう。いや、それどころか警察官を呼びに行く手間が省け、かえって好都合かもしれなかった。

章介

隙間なく並んだテールライトの列を見て章介は苛立った。自分が駐輪した後から、隣へ無理に自転車を突っ込んだ者がいるのだ。

紺色の車体を引き摺り出しながら、早くこれを捨ててしまいたいと思った。いつまでも盗難車に乗り続けることには大きなリスクが伴う。期末考査さえ終われば、自転車を買いに行く時間が取れる。明日の朝だけ登校するのに使ったら、そのままここに乗り捨ててしまえばいいだろう。

おまえ盗もうとしたな、という掠《かす》れるような声を耳にしたのは、チェーンロックに手をかけたときだった。

最初、それが自分に向けられたものだと思ったせいで、肩がびくんと跳ね上がった。

息が止まるような思いで振り返ってみると、十メートルばかり離れた場所で地下道の入り口から出っ張った庇が日陰を作っており、その真下にずいぶんと体の大きい警察官が立っていた。

「生徒手帳を見せろ」

警察官の前には高校生らしき人物がいて、何やら必死に釈明しようとしている様子だった。こちらに背中を向けているため顔は分からなかったが、汗で背中が楕円形に濡れたワイシャツの色は、彼が湖名中央の生徒であることを示している。背丈は自分と同じくらいだ。視力のせいではっきりとは見えないが、後ろ姿には見覚えがあった。

「違うって言ってるだろう!」

生徒手帳の提出を拒否するとともに、彼は乱暴な口調で楯突いた。これが警察官の癪《しやく》に障《さわ》らないはずがなかった。

「この野郎……」警察官は目を細め、口元を歪《ゆが》ませた。

何のトラブルなのか知らないが、警察官が近くにいる状況が自分にとって好ましくないことだけは確かだ。章介は急いでチェーンロックの数字を合わせにかかった。三桁目の6を7にするだけで開錠できるはずだった——が、おかしい。外れないのだ。

よく見ると二桁目が3から4に変わっている。記憶を探ったがこの数字を操作した覚えはない……。

(誰かがいじったんだ)

次の瞬間、章介は何が起こったのかを悟った。

数字を合わせようとする手が固まる。迷った。すぐにこの場から逃げ出すべきだが、明日のために自転車は必要だ。明日一日だけのために。

地下道の方から見えないように顔を反対側にそむけ、サドルの裏側に手をかけて列の中からそっと車体を引っ張り出そうとした。

「だから、あれが、おれの盗まれた自転車なん——」

声の届き方から、警察官に捕まっている生徒がこちらを振り返ったのが分かった。彼の言葉が途中で途切れたのは、自分の後ろ姿を見たせいだろう。

注意したつもりだが慌ててしまった。ペダルが隣の車体に接触したのをきっかけに、左横に並んでいた自転車が次々と将棋倒しになり、通行人がいっせいに振り返った。

もはや逃げるしかなかった。

自転車を捨て、地下道とは反対の方向へ全力で駆け出す。

「待て!」

背中に浴びせられた言葉が含んでいた怒気に、両足から力を奪われそうになった。

哲也

まだ期末考査は終わっていないが、勉強などする気にはなれず、畳の上に寝転がり続けた。

膝《ひざ》の上を歩き回る蠅が鬱陶《うっとう》しい。手近にあった輪ゴムで弾き殺そうとしたが、失敗に終わった。元気よく飛び回るそいつを見ているうちについかっとなり、上半身を起こしたが、物に当たり散らす気力もなく再び横になった。

そうしているうちに、一昨日からの出来事が次々と思い出されてきた。野球場の管理事務所にいた係員。背の低いポマード髪の教師。分厚い唇の警察官。そして一瞬だけ目撃した犯人の後ろ姿——。

気がつかないうちに唸り声を上げていた。息が苦しくなるほどの憤りに全身を貫かれて身を捩《よじ》る。立ち上がると軽い立ち眩《くら》みがした。サンダルを履いて庭に出ると、顎の下に地面から反射した熱が伝わってきた。

取り戻した兄の自転車が目の前にある。確かにある。

犯人は逃がしてしまったものの警察官にかけられた疑いは晴れた。登録番号を隠していた塗料を削り取り、自分の兄が所有していることを証明したにもかかわらず、あの警察官は表情一つ変えず最後まで謝罪をしなかった。チェーンを外す作業にも一切協力してくれなかったため、業者を呼んで切断しなければならず、五千円も手数料を支払うことになった。

分厚いレンズ越しの小さな目は、哲也を一人前の人間としては見ていなかった。いや、一人前どころか人間として扱っていなかったと思う。同じことは、野球場の係員にも、宮ノ森学園の教師にも言えた。そして誰より、背中を向けて逃げた犯人にも。

紺色の塗料で覆われた車体を指でなぞった。おそらくスプレーを使ったのだろう、巧くはないが念の入《い》った塗り方だ。犯人は几帳面な性格なのか、塗る必要のない箇所をきちんとマスキングしたうえで作業をしたに違いない。

塗装を落とすことはできそうになかった。明日帰って来る兄には、事の顚末《てんまつ》を正直に話したうえで謝罪するつもりだ。

(だが、なぜだ?)

自転車を取り戻したというのに嬉しさも安堵もない。決意したことを達成したはずなのに全く満足感がないのだ。それどころか前よりも憤りが激しくなっている。丸二日間自分が捜していたものは、兄の自転車ではなかったのではないか――そう思い始めていた。

(犯人を見つけ出さないことには、おれの気持ちは収まらない)

一瞬だけ見た彼の後ろ姿は、すぐ人込みの中に消えてしまったせいで、はっきりと認識できたわけではなかったが、ワイシャツとズボンの色から同じ湖名中央の生徒であることは疑いようがなかった。不安定な記憶の残像は秒刻みに薄れていくが、走り去る姿だけは目の奥に焼き付けられている。

すでに一人、疑わしい人物がいた。背の高さが自分と同じで百七十センチ弱であること。それから、試験の点数にがめついこと。——彼についての情報は、この二点くらいしか持ち合わせていない。会話らしい会話はまだ一度もしたことがないはずだ。

彼が犯人だという決定的な証拠が欲しかった。面と向かって追及するには、それが不可欠だ。

(何でもいい。手掛かりはないか……?)

哲也は自転車の傍らにしゃがみこんだ。太陽に灼けた車体が、何かを訴えかけるように熱を放っていた。所々に乾いた泥を付着させたタイヤからゴム特有の嫌な匂いがしたせいで、ふいに吐き気がこみあげてくる。

(待てよ……)タイヤから顔を離したとき、一つの疑問を抱いた。(なぜ犯人は自転車を盗まなければならなかった?)

自転車で来場したから——それが、真っ先に思いついた理由だった。野球場への往路に自転車を使ったからこそ、帰路にもそれが必要になったのではないのか。

彼が徒歩で来場した可能性は無いとみていい。当日の気温は三十七度で、猛暑だった。普通の人間なら何かしらの交通手段に頼るはずだ。親の車に乗って来たとも考えられない。あの野球場はいわば陸の孤島だ。もし車で送ってもらったのならば、迎えに来てもらう手筈《てはず》を整えておくのが当然だろう。学校が用意したバスがあったが、利用できたのは野球部員と応援団員、それにブラスバンド部員に限られていた。

やはり自転車と考えるのが妥当だと思う。

では彼は、自分のそれがあったにもかかわらず、どうして他人のものを盗まなければならなかったのか。

第一に考えられるのは、乗って行った自転車が帰りに使えなくなったから、という場合だ。

（なぜ使えなくなった？　犯人の自転車に何が起こったんだ？）

彼も他の誰かに盗まれたのかもしれない。そこでやむなく〈盗み返し〉を行なった……。

ありえないことではない。だがやはり車体に何らかの故障が発生したためと考えるのが自然だろう。乗って帰ることができなくなるほどの故障、例えばタイヤのパンクだ。

犯人は帰ろうとしたとき、自分の自転車がパンクしていることに気がついたのではないか。そのため施錠が甘いものを物色して盗んだのでは……。

（もしもそのとおりなら、彼の自転車はどうなった？）

まだ野球場に残っているはずではないのか。

哲也は一昨日のことを思い出した。魔がさして他人の自転車を盗もうかという気を起こしたとき、ハンドルを握った自転車の後輪が潰れていたことを。

（あれが犯人の……）

車体に名前や住所は書かれていなかった。だが、もう一度あの自転車を見れば、持ち主の特定につながる手掛かりを何か得られるかもしれない。

立ち上がった。また軽い立ち眩みを覚えたが、完全に回復するのを待たずに、紺色の車体を支えていたスタンドを蹴り上げた。

章介

駅ビルの中へ逃げ込み、雑踏を縫うように走って逃げたのが一時間ほど前のことだが、いまだに胸の拍動は激しい。

章介は深呼吸をしてから暗記した英単語を確認する作業にとりかかった。しかし集中できるはずもない。気がつくと頭の中では先ほどの場面を再現していた。

――だから、あれが、おれの盗まれた自転車なん――

あの声を聞いたときから、彼が誰なのか見当はついていた。こちらの正体については、見破られたかどうか微妙なところだろう。

(次は、どうするつもりだ?)

あの後、彼は自分の自転車を取り戻したはずだ。すると、もう諦めるだろうか。それともまだまだ追って来るつもりか。

普通の人間なら、自転車を盗まれたとしても警察に盗難届を出すだけだ。ところが彼は自力で捜索していたのだ。この調子でいくと、犯人を捕まえるまで彼の追跡は終わらないかもしれない。もしかしたら、野球場に置きっ放しになっている自転車の持ち主が犯人だと考えて、そこまで調べに行ったりするかもしれない。

(まさか。いくらなんでも、そこまでしつこくはないだろう……)

再び英単語の確認作業に入った。

単語帳を閉じたのは、それを開いてから一分もたたないうちのことだった。机を離れ、居間にある電話の受話器を取り上げた。電話帳で見つけたタクシー会社の番号を押し、小型車を一台頼んだ。自分でタクシーを呼んだのは初めてのことだった。次に工具箱を開き、マイナスドライバーのうち最も大きなものと小ぶりの金槌を取り出し、ナップザックに詰め込んだ。

門の前でタクシーに乗り込むと運転手に告げた。「県営野球場までお願いします。急いでください」

出発してから五キロほど走ったころ田圃《たんぼ》道沿いの国道で、前方に自転車を漕ぐ彼の後ろ姿を見つけた。

（やっぱりか……。危ないところだった）

下着をつけていないのだろう、ワイシャツの背中がべっとりと汗で濡れ、小さな甲羅《こうら》を大事そうに背負う亀を思わせる。

タクシーが彼を追い越すとき、章介は深くシートに体を沈め、自分の姿を見られないように気をつけながら、ドアミラーに目をやった。顔を確認するには十分だった。

「トランクに自転車を載せることはできますか？」

後部座席から尋ねると、運転手はバックミラーの中で章介を一瞥《いちべつ》して答えた。

「無理ですよ」

哲也

ペダルを一回漕ぐたびに汗に濡れたワイシャツが背中から離れ、再び張り付く。その冷たい感触は、真夏の太陽の下にあってさえ快感から程遠いものだった。

駐輪場には自転車もバイクもほとんど見当たらない。隣接する広大な駐車場にも自動車は数えるほどしかなかった。今日は試合がないのだろうか、スタンドからは何も聞こえてこない。耳に入ってくるのは、遠くの国道を走るトラックが時折鳴らすクラクションの音だけだった。

パンクしていた自転車は、一昨日あった場所から既に姿を消していた。野球場の係員が片付けたのだろうか。管理事務所に行って訊いてみるべきだろうとは思ったが、色の浅黒いあの男と再び顔を合わせる気にもなれない。自転車を降り、自分の足で捜すことにした。

湖名駅前の放置場所と同じように、駐輪場の隅には埃《ほこり》と蜘蛛の巣をかぶった数台の自転車がまとめて置かれている。駐輪場に捨てられたと判断された自転車は、球場の職員の手でここへ移されるのだろう。捜していた車体は、その中に紛れ込むように隠されていた。

引っ張り出して見ると、防犯登録のステッカーや車体番号は削り取られて判読できなくなっていた。埃の落ち具合から見て、いましがた手を加えられたばかりであることは明白だ。サドルについていた高校名のプレートも見当たらない。タッチの差で、犯人は自分を特定する手掛かりを消し去っていったのだ。

悔しさに体が震えた。落ち着け、と言い聞かせながら、腰を屈め車体を詳しく点検することに努める。

（他に、手掛かりはないのか……）

もはや何も出てきそうになかった。指紋ならば至る所に付着しているだろうが、一介の高校生でしかない自分にそれを採取する能力はないし、あったところで犯人のものと照合する技術がない。

車体に摑まりながら立ち上がる。疲れが一気にのしかかったせいで体が倍ほども重く感じられた。スタンドを立てた状態でハンドルを握り、サドルに腰を下ろしてみた。ペダルを下まで踏み込んだときに、膝が伸びきらずに少し余裕があった。哲也の体格ならば、サドルの高さはこれくらいがベストである。

（やはり、おれと同じくらいの背丈だ）

彼に対する疑いがより固まった。だが、これだけでは問い詰めることはできない。もっと決定的な証拠が欲しい。決定的な……。

章介

しばらく前から、章介は貧乏揺すりをしていた。

教壇の上で東海林が何か喋っている。夏休みの過ごし方について、早寝早起きをしろだの、親の手伝いをしろだのと訓を垂れている。

（小学生じゃあるまいし、十五歳の人間に向かって今さらそんなことを言ってもしょうがないだろう）

とにかく、今すぐ教室から出て行きたい。

最後の試験は得意の英語だったが、長文読解では集中力を欠き、普段なら難なくこなせるはずの問題であるにもかかわらず満足のいく解答ができなかった。英語だけではない。今日の科目は全てが不調だった。やつのせいである。試験問題に取り組んでいる最中、常にやつの姿が頭の中に居座っており、解答しようとするたびに憎悪に歪んだ視線でこちらの思考を掻き乱してくるのだ。

実際にさっきから、やつが偵察するような目でこちらを時々見ていることを、章介は知っていた。

「もうすぐ夏休みだが、明後日は野球の四回戦がある。必ずまた応援に来いよ。――よし、それじゃあ今日はこれで終わりにするか」

東海林がそう言うと、章介は誰よりも早く椅子から腰を浮かせた。

「おっと、その前に――」章介に対してわざと意地悪をするかのように、冗談好きの担任教師は言葉を付け加える。「一昨日の数学を返しておくか」

後方の席で誰かが、うええ、と呻《うめ》いてみせた。

哲也

解けたと思った問題も、不正解に終わっていた。

哲也は数学の答案を受け取ったとき、これを解いている最中に自分が置かれていた状況を思い出した。熱と不安と怒りに冒《おか》され、頭の中に水蒸気が充満しているかのようだった。思考力を要する問題を出されても太刀《たち》打ちできるわけがなかったのだ。

唯一、自信を持って解答できたのは、野球の試合結果を問う〈愛校問題〉くらいなものだ。朦朧とする頭でも、これだけはしっかりと正しい値を記入していたため、答案の最後には大きなマルがついていた。

ふと疑問が生じた。

(あいつは、この問題に解答できたのか?)

おれは試合が終わるとすぐにスタンドから出てきたが、既に自転車は盗まれていた。つまり犯人はおれよりも早く場外へ抜け出していたはずだ。そうだとすれば、野球の結果がどうなったか知らないかもしれない──。

(もしあいつがこの問題を間違っていたら、犯人だという決定的な証拠になりはしないか)

なるはずだ。……だが待てよ。わざと間違った答えを記入する可能性もあるではないか。

（いや、それは絶対にない。点数にがめついあいつが、わざと間違う理由がない）

哲也はそっと背筋を伸ばした。あいつが東海林から答案を受け取り自分の席に戻るとき〈愛校問題〉に正解しているかどうか盗み見ようとしたのだ。しかし、こちらの動きを察したのか、あいつは素早く答案を折り畳んで鞄の中に突っ込んでしまった。

（どうする？　面と向かって訊いてみるか。しかし、だんまりを決め込まれたらそれまでだ……）

汗をかいた手の平で机の角を握っていた。このまま夏休みに入ってしまえば、しばらく彼と顔を合わせる機会がなくなり、追及することはさらに難しくなるだろう。やるなら今しかない。

肚《はら》を決めた哲也が、章介に向かって口を開きかけたときだった。

教壇の東海林が先に言葉を発した。「トップは中間考査と同じで保見章介。九十八点だ。よくやったな。――しかし章介よ、おまえ、おれが言ったこと忘れたのか」

隣の席で忙しなく帰宅の用意をしていた章介の動きに急激なブレーキがかかり顔色が変わったのを、哲也は見逃さなかった。

「愛校心だよ、愛校心。それがないから二点も失ったんだ。最後の問題を間違えたのはクラスで一人だけだぞ。——おまえ、この前の試合を最後まで応援しなかったろう」

決定的な証拠だった。

哲也は椅子を蹴った。しかしそのとき既に章介は、教室の後方にある出入り口へ向かって駆け出していた。哲也の視界の中で、逃げる章介の後ろ姿が、駅前で見た犯人のそれと完璧に一致した。

章介が誰かとぶつかり、教室後方の黒板に体を打ちつけ、よろめいた。章介と衝突した生徒も横に吹き飛ばされた。清掃用具入れの扉が震えて耳障りな音を立てる。

体勢を立て直そうとする章介に向かって、哲也は手を伸ばした。ワイシャツの襟首を摑んでその場に引き摺り倒す。くるりと体を捻り背中の方から床に倒れた章介のズボンから何かが床に転がり落ちた。哲也はそれを目で追った。取付金具の一部に紺色の塗料が付着した自転車の箱型錠だった。

視線を章介に戻す。目の前にあったのは上履きの靴底だった。次の瞬間、顔面に凹凸がついたゴムがめり込んできた。鼻の頭に発生した痛みが、間髪《かんはつ》を容《い》れずに脳髄まで届く。固く閉じた目蓋を否応なしに涙がこじ開けた。

視界がぼやけるなか、顔の前から章介の足を払いのけ、床に倒した体の上から馬乗りになった。

鼻腔の奥で鉄の臭いがした。鼻血を止める余裕はなかった。章介のワイシャツに落ちた赤黒い滴《しずく》が、布地に大きなシミを作る。

「誰か止めろ！」教壇から東海林が指示を出したが、従う者はいなかった。

両膝で章介の腕を押さえつけ、その顔面を狙って右の拳を固めつつ哲也は言った。

「覚悟はいいな」

被害者の気持ちを味わう覚悟、という意味だ。

長めの頭髪を床のタイルに広げ、観念した表情で章介は頷いた。目にはうっすらと涙が浮かんでいる。

「……すまなかった」

それまで体を覆っていた嫌な熱がすっと冷めたような気がしたのは、章介の口から弱々しく漏れたその一言を耳にしたときだった。

哲也は振り上げていた右腕を静かに下ろした。

終わった。もう十分だ――。そんな自分の声を胸の裡《うち》で聞いたからだ。

哲也は章介の体から離れて立ち上がった。

教室の出口を目指して歩を進めると、二人を囲んで作られた人垣がゆっくりと崩れ、哲也のために道ができた。クラスのほぼ全員が未だに呆然としたままだった。出口の引戸に手をかけたとき、ようやく誰かが動き出し章介を抱き起こすのが分かった。

廊下に足を踏み出した。背後から前西に声をかけられたようだったが、かまわず昇降口を目指す。
今はただ、無性に外の空気を吸いたかった。

あとがき

わたしは、ほかの作家さんの短編集を読んだとき、その巻末に自作解説がついていると、つい嬉しくなってしまうたちです。というわけで、ごく簡単にですが、自分でもそれをやってみようかと思います。

「小さな約束」

医者が患者に何か約束をし、それを守ることをこまめに繰り返していると、両者の間で信頼関係が深まり、患者の治りも早くなる。しかもその約束は、「あなたの入院中、わたしは禁煙します」などといった大きなものではなく、「十分後に診断結果を伝えにきます」ぐらいの小さなものでいい。

そのような話をどこかで耳にしたことが、着想の発端だったはずです。これはちょっと面白いなと思い、頭の中でいじりまわしているうちに、少しずつ「臓器移植」という題材が見えてきました。それが構想の順序であり、何か重いテーマが最初から念頭にあったわけではありません。

「わけありの街」

この小説には、試作モデル的な作品がまずありました。たしか二〇〇二年ごろ、デビューする前の習作として、「田舎住まいのある母親が、息子の殺された場所である都会の街へやってきて、事件の真相解明を試みる」という筋の短編を書いたことがあったのです。

でもこの試作品、出来がよくなかったので、哀れ推敲すらされることなく、パソコンのハードディスク内で長い冬眠に入るという運命を辿ってしまいました。

併合罪なる刑法の規定をネタにして何か書いてみよう、と考えたのは、それから十年ぐらい後のこと。そのとき、なぜかふと件《くだん》の試作品を思い出しました。読み返しているうちに、どうにかその法律ネタで改稿できそうだなと気づき、ご覧のような作品に仕立ててみた、という次第です。

「黄色い風船」

何かの本で「がん探知犬」の存在を知ったとき、これはミステリの題材になる、と直感が働きました。ですが、そこから先の構想がなかなか進まず、いまの形になるまでけっこう四苦八苦したはずです。

似て非なる動物に、「人間の寿命を当てる猫」というのもいるそうです。当時のわたしは、そちらにも興味があり、犬と猫どっちの話を書こうか迷い、結局前者に軍配を上げた、という経緯もあったように記憶しています。

警察官と並んで刑務官という職業にも、わたしはわりと深く関心を持っています。本作執筆前に観た映画『休暇』（二〇〇八）は、死刑囚担当刑務官の仕事や生活をイメージするうえで、とても参考になりました。


「苦い確率」

「わけありの街」同様、これにもデビュー前に書いてみたプロトタイプとなる作品がありました。

なぜか柄にもなく、ノワールふうの作品に挑戦してみようかと思い立ち、映画『レザボア・ドッグス』（一九九二）あたりをヒントにして、裏社会の男たちが薄汚い倉庫に集まってくる話を拵えてみたのでした。

案の定、その原稿もつまらなかったので、いったん冬眠という憂き目に遭ったのは例のとおり。その後、別のアイデアを付加して改稿という、これまた例の手順で本作は完成したのでした。

〈時世堂百貨店〉や〈エックス〉など、本筋にまるで絡んでこない店の名称が、なぜか具体的に書いてあります。この点に違和感を持たれた読者もいるかもしれませんが、どうぞお気になさらずに。本作は『時が見下ろす町』（祥伝社文庫）から採りました。『時が――』は、短編の連なりから成る長編（連作短編集）であり、ほかの収録作との関係でこうなっている、というだけのことです。

「迷走」

先日、地元の山形で書店スタッフの方と話をしました。その際、わたしの短編のなかで特に衝撃を受けたものとして、その方が挙げてくださったのが本作でした。

我が意を得たり。自分でもかなり気に入っている作品です。

ただ、これを完成させた直後に、ちょっとつらいことがありました。執筆で力が尽きたか、突如として何もアイデアが出てこなくなり、しかも小説の書き方まで根本から分からなくなってしまい、半年ぐらいの間、ショートショートの一編も生み出せない、という状態に陥ってしまったのです……。

本作は、NHKでオーディオドラマ化もされています。収録先である仙台のスタジオを見学させてもらい、声を当ててくださった俳優の方々にご挨拶できたのは嬉しい思い出です。脚本としてわたしの名前がクレジットされていますが、それはディレクターの倉崎憲さんによる多大なお力添えがあってのこと。この場をお借りし、改めてお礼を申し上げます。

「真夏の車輪」

「小説推理」誌の新人賞を頂戴した、わたしの出発点と言える作品です。でも、本に収録したのは今回が初めて。

普通なら最初の単行本である短編集『陽だまりの偽り』に入れるべきだったのですが、そうしなかったのは、ほかの収録作と毛色が違いすぎるという理由から（だったと思います）。その後も収録の機会を逸し続けていましたので、こうしてついに読者にお披露目できたことは喜びに堪えません。

実はこれ、自分の体験に基づく作品です。一九八五年の夏、高校二年生のわたしは、遠路はるばる応援にいった先の野球場で自転車がパンクするという悲劇に、実際見舞われたのでした。あのときはほとほと困りましたが、何年か後にこうして作品のネタになってくれたわけですから、しんどい経験というのはけっして無駄ではないのだな、としみじみ思うわけです。

最後に、当文庫本の装丁について触れておきます。

カバーの写真をご覧になり、この部屋は何だ？　と疑問を持たれた読者もいるでしょう。

答え。わたしの仕事場です。

昨年（二〇二二年）の夏、NHK Eテレの『ネコメンタリー　猫も、杓子《しゃくし》も。』に出演したのですが、その番組内でもちょっと紹介されたので、この場所に見覚えのある方もいるかもしれません。

カバー写真を撮影したのもわたしです。これには予想以上に苦労しました。双葉社の反町有里さんが、「仕事場をカバー写真にしてみては」と意表を突くアイデアを出してくださったのを受け、義父の遺品である一眼レフを手にしたまではいいものの、百回ぐらいシャッターを押してみても、ちゃんとピントの合っているものが一枚もなかったのです。

使い方をしっかり勉強してから臨めばいいだけのことですが、マニュアルの類を読むのは大の苦手。結局ギブアップし、いつも使っているコンパクト型のデジカメで手軽に撮ってしまった、という経緯があったことをここに白状します。

まあ普段はこんな感じの場所で、ああでもないこうでもないと独り言を呟きながら、遅々とした歩みで小説を書いています。

四方の壁がホワイトボードになっていまして、机の周りをぐるぐるとウォーキングしながら、思いついたことをそこにちょこちょこメモしていくのがわたしの創作スタイルです。

メモ取りにはパソコンを使ってもいいのでしょうが、それだと見返すのに、電源を入れてファイルを開いてという手順を踏まねばならず、ときに面倒でしょうがない。わたしは極度のズボラなので、壁に書いておく方が性に合っているのです。

ちなみに仕事場が完成したのは二〇一七年の五月。本編に収められた六編は全部、その前に書いたものです。もし次の自選集を出せるような幸運に恵まれたら、そのときにはぜひ、この部屋で生み出された作品を入れたいと思っています。

二〇二三年二月六日

今日もホワイトボードを横に歩き回りつつ

長岡弘樹

底本一覧

「小さな約束」　『白衣の嘘』角川文庫　二〇一九年
「わけありの街」　『波形の声』徳間文庫　二〇一七年
「黄色い風船」　『血縁』集英社文庫　二〇一九年
「苦い確率」　『時が見下ろす町』祥伝社文庫　二〇一九年
「迷走」　『傍聞き』双葉文庫　二〇一一年
「真夏の車輪」　「小説推理」二〇〇三年八月号
（収録にあたり大幅に加筆修正しました）

双葉文庫

な-30-04

切願《せつがん》

自選《じせん》ミステリー短編集《たんぺんしゅう》

2023年3月18日　第1刷発行

【著者】

長岡弘樹《ながおかひろき》
©Hiroki Nagaoka 2023
【発行者】

箕浦克史

【発行所】

株式会社双葉社

〒162-8540 東京都新宿区東五軒町3番28号

［電話］03-5261-4818(営業部)　03-5261-4831(編集部)

www.futabasha.co.jp（双葉社の書籍・コミックが買えます）

【印刷所】

大日本印刷株式会社

【製本所】

大日本印刷株式会社

【カバー印刷】

株式会社久栄社

【DTP】

株式会社ビーワークス

【フォーマット・デザイン】

日下潤一

落丁・乱丁の場合は送料双葉社負担でお取り替えいたします。「製作部」宛にお送りください。ただし、古書店で購入したものについてはお取り替えできません。［電話］03-5261-4822（製作部）

定価はカバーに表示してあります。本書のコピー、スキャン、デジタル化等の無断複製・転載は著作権法上での例外を除き禁じられています。本書を代行業者等の第三者に依頼してスキャンやデジタル化することは、たとえ個人や家庭内での利用でも著作権法違反です。

ISBN978-4-575-52649-3 C0193

Printed in Japan